JN088388

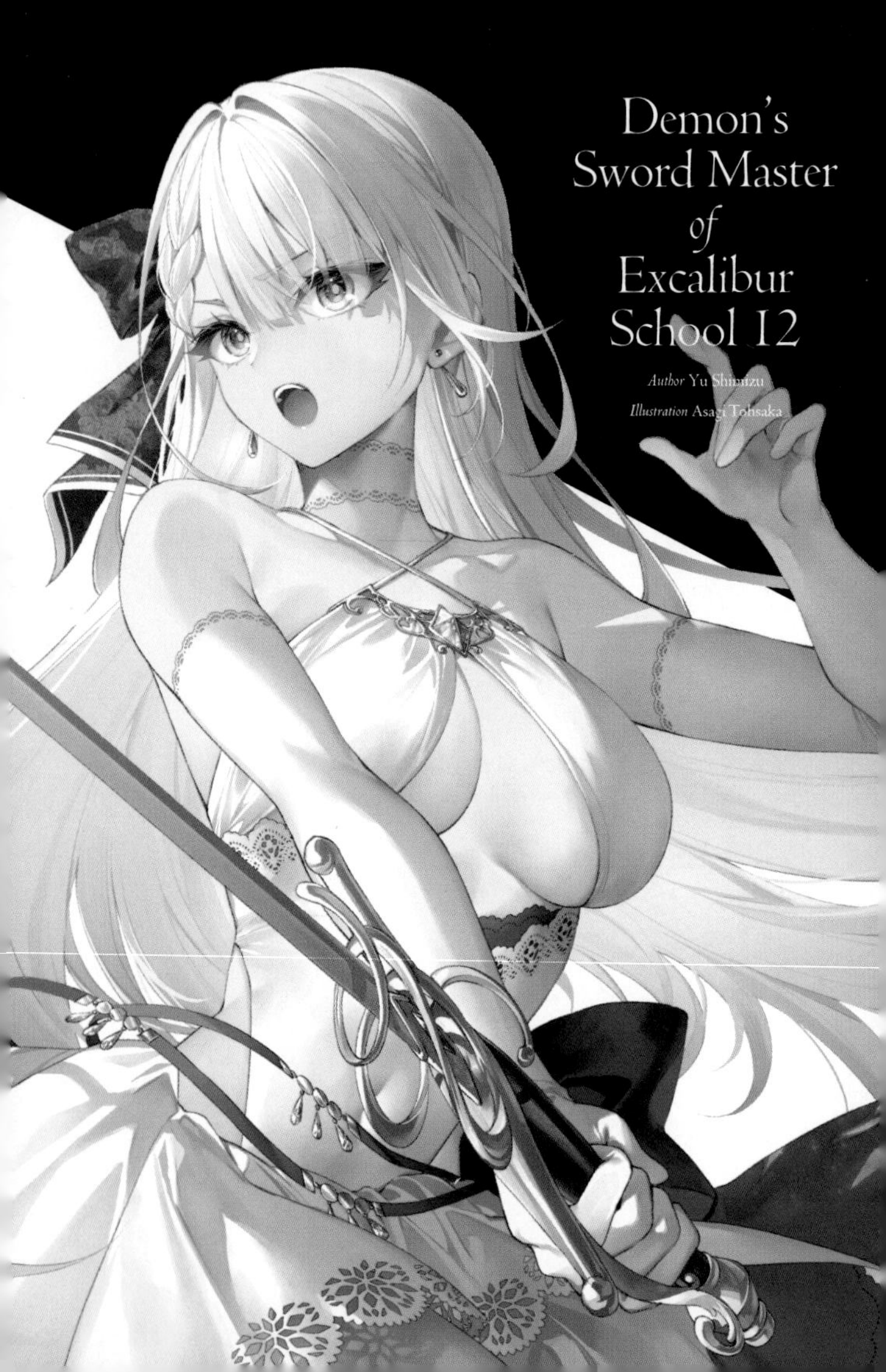
Demon's Sword Master of Excalibur School 12
Author Yu Shimizu
Illustration Asagi Tohsaka

聖剣学院の魔剣使い 12

志瑞 祐

MF文庫J

Contents

Demon's Sword Master of Excalibur School

第一章　黒の天使　p011

第二章　魔王会議　p042

第三章　帰投　p072

第四章　エルフィーネの遺志　p103

第五章　魔王と皇帝　p154

第六章　魔王戦艦、出撃！　p192

第七章　魔剣の女王　p222

口絵・本文イラスト：遠坂あさぎ

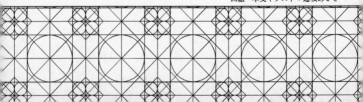

第一章　黒の天使

Demon's Sword Master of Excalibur School

蜘蛛《くも》の巣のようにはしる、無数の虚空《こくう》の亀裂。

その中心が大きく裂けたかと思うと——

美しく、たおやかな少女の手が現れた。

指先が亀裂をゆっくりと押し広げ、やがて、その腕をこちら側へ突き出した。

リイイイイイイイイイイイイインッ——……

硝子《がらす》のひび割れるような音が鳴り、虚空が割れ砕ける。

虚無の裂け目より、現れたのは——

「……フィーネ、先輩……？」

蒼氷《アイス・ブルー》の眼《め》を見開いて、リーセリアは引き攣《つ》った声を漏らした。

そう、見慣れない姿をしているが——

それはまぎれもなく、リーセリアの知る、第十八小隊の頼れる仲間の姿だった。

「せ、先輩……どうして、ここに……？」

混乱する思考のまま、リーセリアは疑問を口にする。

〈第〇七戦術都市《セヴンス・アサルト・ガーデン》〉を襲う〈大狂騒《スタンピード》〉の最中、リーセリアたちがフィレットの研究施設へ侵入することになったのは、エルフィーネの姉、クロヴィア・フィレットに、囚《とら》われた妹を救出して欲しい、と頼まれたからだ。

研究施設に乗り込んだ彼女たちは、エルフィーネの囚われている場所を探しだすため、中央管制室に向かい、中枢の制御システムにシュベルトライテを接続した。

――その最中。突如、虚無の亀裂が発生し、無数の〈ヴォイド〉の群れと共に、闇の衣を身に纏《まと》った、彼女が姿を現したのである。

「……っ⁉」

なぜ、彼女は〈ヴォイド〉と同じように、虚空《こくう》の裂け目から現れたのか。

なぜ、まるで知らない他人を見るかのように――

無感情な眼《め》でリーセリアを見つめているのか。

「先輩……」

なにか、とても嫌な予感がする。

……すでに、取り返しのつかないことになってしまったかのような。

「フィーネ先輩、わたしです！　先輩を助けにきました！」

無表情のエルフィーネに向かって、必死に呼びかける。

と、彼女は――

華奢《きゃしゃ》な白い腕をもちあげ、すっと指先を伸ばした。

ヴンッ、ヴンッ、ヴンッヴンッヴンヴンッ！
エルフィーネの周囲に、闇色に輝く六つの球体が現れる。
（……〈天眼の宝珠《アイ・オヴ・ザ・ウイッチ》〉⁉）
――否《いな》。違う。
リーセリアは直感した。
形は似ているが、あの〈聖剣〉には、禍々《まがまが》しい気配が宿っている。
それは、まるで――
と、浮遊する六つの球体が、同時に――瞼を開いた。
血のように赤い、真紅の光が、眼球のようにあたりをぎょろりと睨《にら》む。
「――お嬢様！」
レギーナが警告の声を発した。
「……っ、〈血華乱刃《けつからんじん》〉！」
咄嗟《とっさ》に、リーセリアは〈誓約の魔血剣《ブラッディ・ソード》〉を振り下ろした。
刃《やいば》からほとばしった血飛沫《ちしぶき》が、無数の刃の障壁となって周囲にそそり立つ。
刹那。六つの眼球から閃光《せんこう》がほとばしった。
閃光は、フロアの中心にそびえるタワー状の制御装置を貫通。
フロア全体を斬り裂くように、縦横無尽に暴れ回る。

「……っ！」

ズオオオオオオオオオンッ！

バランスを失ったタワーが、轟音《ごうおん》と共に崩壊する。

「――ライテちゃん!?」

視界を覆い尽くす砂埃《すなぼこり》の中、リーセリアは叫んだ。

無防備な状態で中枢システムと接続していたシュベルトライテは、崩壊したタワーの瓦《が》礫《れき》に呑《の》み込まれ、完全に姿が見えなくなる。

「……っ、けほっ、けほっ……」

咳《せ》き込みながら、リーセリアは刃《やいば》の障壁を解除した。

「レギーナ、大丈夫？」

「――お嬢様、後ろです！」

レギーナの声に、ハッと振り向くと――

虚空《こくう》の亀裂から現れた、羽蟲《はむし》型の〈ヴォイド〉が、ガチガチと歯を打ち鳴らす。

「このっ――！」

目の前の〈ヴォイド〉を斬り捨て、タッと跳躍する。

「お嬢様には、指一本触れさせません、よっ！」

頭上に次々と現れる〈ヴォイド〉を、レギーナの〈竜撃爪銃《ドラグ・ストライカー》〉が撃墜した。

虚無の瘴気《しょうき》を撒《ま》き散らし、消滅する化け物。

〈誓約の魔血剣《ブラッディ・ソード》〉を振るいつつ、リーセリアは闇の向こうへ叫ぶ。

「フィーネ先輩！」

――無論、彼女の返事はない。

かわりに、闇の中で真紅の光が瞬《またた》いた。

「……っ！」

直感で、リーセリアは真横に跳んだ。

射線上に集っていた〈ヴォイド〉の群れが一瞬で蒸発。

閃光《せんこう》に穿《うが》たれたフロアの天井が、巨大な瓦礫となって落下してくる。

まずい、と思った次の瞬間。

ズウウウウウウウウウウンッ！

強度の落ちたフロアが崩落した。

「きゃあああああああっ！」

「――レギーナ！」

両脚に込めた魔力を、一気に放出。

落下するレギーナの腕を掴《つか》もうと、リーセリアは必死に手を伸ばす。

（……っ、間に合わない!?）

落下の寸前、ギリギリでレギーナの身体《からだ》を抱き寄せた。
そのまま、数回跳ねて、瓦礫《がれき》にしたたかに叩《たた》き付けられる。
「……く、う……」
全身に走る激痛。骨の何本かにひびが入ったのは間違いない。
だが、〈吸血鬼の女王《ヴァインパイア・クイーン》〉の魔力が、瞬時に彼女の傷を回復する。
「……レギー……ナ、大丈、夫……？」
片膝をついて、抱きしめたレギーナの身体を横たえる。
……かすり傷以外の外傷はない。
しかし、落下のショックで気を失ったようだ。
彼女の手放した〈竜撃爪銃《ドラグ・ストライカー》〉の〈聖剣〉は、光の粒子となって消滅してしまう。
リーセリアは、真上に空いた大穴を見上げた。
暗闇の中、非常灯が明滅している。
「フィーネ、先輩……」
はるか頭上で、禍々《まがまが》しく輝く六つの眼球が、獲物を狙う鴉《からす》のように旋回していた。
（あれは、間違いなくフィーネ先輩の〈天眼の宝珠《アイ・オヴ・ザ・ウイッチ》〉。だけど――）
漆黒の翼を広げたエルフィーネが、ゆっくりと降下してくる。
すべての感情を失った冷たい眼《め》で、リーセリアを見下ろしている。

（……〈聖剣〉、じゃ、ない……そう、あれは、まるで――）

それは、考え得る限り、最悪の可能性だった。

今のエルフィーネが、正気を失っているのは間違いない。

以前、ミュゼル・ローデスが使ったような、支配の〈聖剣〉の力。

あるいは、薬物投与による洗脳。

しかし、今の彼女の状態は、おそらく、そのどちらでもない。

（〈魔剣〉の力による、精神の侵蝕《しんしょく》……）

〈魔剣〉の力を宿した聖剣士は、精神に少なからず異常を来すことが判明している。

かつて、エルフィーネの所属していた第七小隊の隊長、ライオット・グィネスのような強靱《きょうじん》な精神の持ち主でさえ、〈魔剣〉の侵蝕には抗《あらが》えなかった。

……今の彼女に、言葉は通じないかもしれない。

（……っ、手荒になるけど、一時的に意識を奪うしかない）

すっと立ち上がり、レギーナを庇《かば》うように、〈誓約の魔血剣《ブラッディ・ソード》〉を片手に構える。

自身の腕に刃《やいば》をあて、瓦礫の上に血を溢《こぼ》した。

足もとに滴り落ちた血が、魔力を帯びて輝きを放つ。

「はああああああっ！」

瓦礫を蹴って、リーセリアは跳んだ。

同時に、真っ赤な〈真祖のドレス〉をその身に纏《まと》う。
身体能力の強化に特化した、〈暴虐の真紅《スカーレット・タイラント》〉のモード。
「――〈血華乱刃《けつからんじん》〉！」
空中で、〈誓約の魔血剣《ブラッディ・ソード》〉を振り抜いた。
無数の血の刃《やいば》が、鋭角な軌道を描いてエルフィーネに殺到する。
無論、エルフィーネ本人を狙ったものではない。
破壊目標は、彼女の周囲を旋回する闇の宝珠だ。
が、刹那。エルフィーネがすっと手を開く。
六つの闇の宝珠がカッと眼《め》を見開き、閃光《せんこう》を放った。
「……っ！」
ほとばしる閃光が、乱れ舞う血の刃を次々と撃墜する。
リーセリアは真祖のドレスを翻《ひるがえ》し、降りそそぐ閃光を回避。
壁を何度も蹴り、エルフィーネの頭上へ一気に跳び上がる。
（フィーネ先輩の意識を一瞬でも飛ばせせば、〈天眼〉は消える――！）
〈聖剣〉の切っ先に血の刃を収斂《しゅうれん》し――
「はあああああっ！」
裂帛《れっぱく》の呼気と共に、〈聖剣〉の刃を振り下ろす。

リイイイイイイイイッ！

が、荒れ狂う血の刃は、闇の〈天眼〉の展開する障壁に弾《はじ》かれた。

「……なっ⁉」

〈天眼の宝珠《アイ・オヴ・ザ・ウイッチ》〉の持つ、自動防御《オートガード》の機能だ。

〈魔剣〉に姿を変えても、本来備わっていた応用力は損なわれていない。

「こ、のおおおおっ――！」

刃を振り下ろしたまま、リーセリアは全身から魔力を放出した。

眩《まばゆ》く輝く白銀の髪。爆発的な魔力に耐えかねて、〈天眼〉の障壁が砕け散る。

その時。背後に攻撃の気配を感じ取り、リーセリアは虚空《こくう》を蹴って跳んだ。

灼熱《しゃくねつ》の閃光が、彼女の肩口をかすめる。

「くっ……」

焼けるような痛みに顔をしかめ、周囲に視線を向ける。

四機の〈天眼〉が、リーセリアを包囲するように展開していた。

（〈天眼の宝珠〉の全方位攻撃《オールレンジ・アタック》――！）

浮遊する四つの眼が、一斉に閃光を放った。

「――〈血剣陣輪舞《ブラッディ・ロンド》〉！」

回転する血の刃で閃光を弾きつつ、瓦礫《がれき》の上を駆け抜ける。

〈真祖のドレス〉で肉体を強化していなければ、回避は不可能だっただろう。
（けど、このままじゃ、近付くこともできない！）
〈真祖のドレス〉は、膨大な魔力と血を消耗する。
あと数分で、魔力は尽きるだろう。
――と、降りそそぐ閃光《せんこう》の雨が、突然ぴたりと止《や》んだ。
「……っ!?」
足を止め、頭上を振り仰ぐと――
空中のエルフィーネが、リーセリアを見下ろし、すっと手を伸ばした。
三機の〈天眼〉が彼女の前に集合し、トライアングルを形成する。
眩《まばゆ》く輝く光が、エルフィーネの掌《てのひら》を中心に収束した。
――あれは、まずい。
リーセリアは直感した。彼女は、このフロアごと吹き飛ばす気だ。
回避はできない。避《よ》ければ、背後のレギーナが巻き込まれる。
（……っ、切り札を、使うしかないわね――）
リーセリアは胸もとから、一粒の赤い宝石の欠片《かけら》を取り出した。
砕け散った、〈竜の血《ドラゴン・ブラッド》〉の最後の欠片だ。
それを親指で弾《はじ》き、躊躇《ちゆうちよ》なく呑《の》み込んだ。

ドクン、と心臓の跳ねる音。暴力的な魔力の奔流が、全身を駆けめぐる。

「滅びの連星――〈滅雷破連砲《トライ・フレア・ブラスター》〉」

エルフィーネが、冷たく声を発した。

虚空《こくう》の一点に収束した真紅の閃光が、リーセリアめがけて放たれる。

「焼き尽くせ、獄炎の血竜よ――〈血華炎竜咆哮《フレイミング・ハウル》〉！」

同時、リーセリアは〈聖剣〉の刃《やいば》を振り抜く。

オオオオオオオオオオオオオオッ！

血の竜が咆哮《ほうこう》し、閃光と激しく激突する。

「……フィーネ先輩っ！」

渾身《こんしん》の魔力を振り絞り、リーセリアは声の限りに叫んだ。

凄《すさ》まじい光の奔流が、紅蓮《ぐれん》の炎を纏《まと》う、血の竜を呑み込んで――

（……っ、〈竜の血〉が、押し負ける！）

次の瞬間。眩い閃光が、視界を覆い尽くした。

……――。

「……っ、う……あ……！」

――意識を失っていた。

数秒か、十数秒。数十秒ということはないはずだ。

眼《め》を開けると、エルフィーネの顔が、すぐ眼の前にあった。

感情のない、無機質な眼で、リーセリアを見ている。

「……フィー……ネ……せ、んぱ……い――」

うまく声を出すことができない。

首を締め上げられているのだ。

全身の力が抜け、指先ひとつ動かせない。

身を守ってくれる〈真祖のドレス〉はすでに消えてしまっていた。

「ど……うし……て……あ、くっ……――」

喘《あえ》ぐリーセリアの首に、細い指先が強く食い込んで――

「――様っ……リアお嬢様あああああ！」

意識を失う直前、レギーナの声が聞こえた気がした。

◆

――帝国標準時間一六〇五《ヒトロクマルゴ》。

第〇七戦術都市《セヴンス・アサルト・ガーデン》・中央行政区――〈セントラル・ガーデン〉。

焼け爛《ただ》れた巨龍《きよりゆう》の腐肉が、耐えがたい臭気を発生させている。

「レオ……ニスウウウウウウ……──」

「いい加減、未練がましいぞ、〈大賢者〉よ」

地面の上で蠢《うごめ》く神聖樹の蔦《つた》を、レオニスは靴底で容赦なく踏みつけた。

六英雄の〈龍神《りゆうじん》〉ギスアーク・セイントドラゴン。

かつては〈魔王軍〉の敵として恐れられた竜族の大英雄は、〈ヴォイド・ロード〉となりはて、同じく、甦《よみがえ》った〈大賢者〉アラキールの残骸《ざんがい》と共に消えようとしていた。

（奴《やつ》の力で不死者化《アンデッド》したようだが、このざまでは二度と復活することはできまい）

なおも呪詛《じゆそ》の念を吐く蔦を念入りに踏みにじり、レオニスは背後を振り返る。

「さしもの〈竜王〉も、龍殺しの英雄相手には苦戦したようだな」

「……う、うるさいわね、〈龍神〉は昔から相性が悪いのよ！」

人の姿に戻ったヴェイラが、真紅の髪を炎のように逆立てた。

「ふん、ところで、なぜ貴様がここにいる。異界の魔王と〈天空城《アズール・フォート》〉はどうした？」

「アズラ＝イルには逃げられたけど、〈天体観測装置《アルマゲスト》〉は取り戻したわ。それで、いろいろわかったことがあるから、あんたに知らせにきてあげたのよ。そしたら──」

と、ヴェイラは瓦礫《がれき》の上から飛び降りて、

「あたしの天敵だった〈龍神〉が暴れてたってわけ」

消滅しつつある〈龍神〉の亡骸《なきがら》を一瞥《いちべつ》した。

「どういうことよ？　あの〈龍神〉が、屍龍《しりゅう》になってるなんて……」

「……」

「六英雄をアンデッド化するなんて、〈不死者の魔王〉以外には無理なはずよ」

ヴェイラは黄金色の眼《め》でレオニスを睨《にら》んだ。

「……そうだな。俺以外には、無理だろう」

「そうよ、あんた以外には……って、認めるの？」

怪訝《けげん》そうに眉をひそめるヴェイラを無視して、レオニスは歩を進める。

「ちょっと、レオ!?」

屍龍の前脚を串刺しにするように、一本の大振りな刀が突き立っていた。

ギスアークとの戦闘中、高層タワーの屋上から投擲《とうてき》されたものだ。

（この刀が〈龍神〉の脚を斬り飛ばさなければ、危ないところだったな……）

レオニスは刀の柄に触れ、曇天の空を振り仰ぐように見上げた。

あの時、タワーの屋上に何者かの人影を見た気がするのだが……

「あの、ま、魔王様っ！」

と、瓦礫の下の影からメイド服の少女が姿を現した。

「うむ、シャーリよ。こたびのお前の働き、見事だったぞ」

レオニスは振り向いて、シャーリにねぎらいの言葉をかける。彼女がギスアークの体内に〈影の門〉を設置してくれたおかげで、勝利することができたのだ。

「俺が留守の間、よくぞ我が〈王国〉を守ってくれた。この功績は〈特級大冥骸死呪勲章〉にも値しよう」

「そ、そんな！　畏れおおいです、魔王様！」

シャーリはぶんぶん首を振った。

「わたくし一人の力では、魔王様が守るよう命じられた孤児院を守ることができず、竜王様にお力添えを頂きました。〈特級大冥骸死呪勲章〉の栄誉はどうか竜王様に――」

「……いらないわよ」

半眼で呟《つぶや》くヴェイラ。

「……まあ、恩賞の件は後にするとして、留守の間の報告を聞こう」

「は、はいっ、そのことなのですが、魔王様に重大なご報告が……」

――と、その時だ。

「――ほう、貴様がゾール・ヴァディスか」

ズオオオオオンッ――！

隕石《いんせき》のように落下したなにかが、派手に土煙を舞い上げた。

◆

「……なっ!?」

レオニスは眼《め》を見開く。

たちこめる土煙の中から現れたのは――

黄金色に輝く覇気を纏《まと》った、獣人族の戦士。

「っ、お前は、まさか……!?」

思わず、レオニスは叫んだ。

「あわわわ……！」

怯《おび》えた声を上げ、咄嗟《とっさ》にレオニスの背後に隠れるシャーリ。

〈魔王軍〉を統率した、八人の魔王の一人。

〈暴虐の化身〉、〈破壊の王〉、〈魔獣皇帝〉の異名を持つ、戦士の中の戦士。

「〈獣王〉――ガゾス・ヘルビースト」

額の汗をぬぐいつつ、レオニスはうめくように呟いた。

「ふん、しかし、まあ、さすがに予想外だったな。ゾール・ヴァディスを名乗る奴《やつ》の正体が、こんな人間種の餓鬼だったとは」

〈獣王〉は、瓦礫《がれき》の上に突き立った刀を無造作に抜き放った。

何かと戦闘していたのか、ボロボロになったスーツの上着を脱ぎ捨てる。

白虎族《びゃっこぞく》の白銀の体毛に包まれた、鋼のような上半身。

否《いな》、その肉体の頑健さは、鋼などとは比べものになるまい。

「だが、外見はあてにならねえな。見てたぜ、てめえが〈龍神《りゅうじん》〉を倒すところを。危なっかしかったんで、ちっとばかし手助けしてやったがな」

獣王の隻眼が、レオニスを射貫《いぬ》くように睨《にら》み据えた。

（……この凄《すさ》まじいまでの威圧感。間違いない、本物の〈獣王〉のようだな）

常人であれば意識を失うほどの強烈な視線を受けながら、レオニスは胸中で呟《つぶや》く。

まあ、ほかの〈魔王〉や〈六英雄〉が次々と甦《よみがえ》っているのだ。レオニスとはまた別の意味で不死身と称された、〈獣王〉が復活していても不思議はあるまい。

見たところ、ヴェイラのように虚無に侵蝕《しんしょく》されていたり、リヴァイズのように操られている気配はないようだが……

——と。

「なんだ。ガゾス、あんたも甦ってたのね」

ヴェイラが面白そうに口を開く。

「〈剣聖〉に喧嘩《けんか》を売って、滅ぼされたって聞いたけど」

「——〈竜王〉。貴様こそ、一〇〇〇年前にくたばったと思っていたがな」

ガゾスは振り向いて、獰猛《どうもう》な笑みを浮かべた。

「トカゲの親玉だけに、地中で冬眠でもしていたか？」

「……なんですって？」

大気が震え、あたりの温度が一気に上昇する。

（……っ、マズイ！）

〈竜王〉と〈獣王〉は、支配領地を接していたこともあり、争いの絶えない間柄だ。

二人の魔王の戦いは数週間、時には数《すう》ヶ月《かげつ》に及ぶこともあり、地上世界に甚大《じんだい》な被害をもたらした。

（あのときはロゼリアに頼まれて、俺が仲裁したのだったか……）

このまま魔王同士の戦いが勃発すれば、〈第〇七戦術都市《セヴンス・アサルト・ガーデン》〉は灰燼《かいじん》に帰すだろう。

「シャーリ、どういうことだ？」

と、レオニスは背後のシャーリに訊《たず》ねた。

「ガゾスは、ゾール・ヴァディスのことを知っているのか？」

「は、はい、魔王様がご不在の間に、獣王様が接触してきたのです。なんでも魔王様が獣人族を配下に組み込んだことに、たいそうご立腹で……」

早口で報告するシャーリ。

「なるほど。では、交渉の余地はあるか」

……一触即発の空気の中、レオニスは前に進み出て声を上げる。

「待て、〈獣王〉よ。まずは話を聞こうではないか、紳士的に――」

「ああ？」

ガゾスは振り向くと、レオニスめがけ、刀を振り下ろした。

「……っ⁉」

あわてて飛びのくレオニス。

ズオオオオオオオオッ！

目の前の地面が真っ二つになり、巨大な地割れが出現する。

「な、なにをするっ！」

「話し合いだと？　眠たいこと言ってんじゃねえよ。軽々しくも伝説の〈魔王〉ゾール・ヴァディスの名を騙《かた》り、俺の配下を奪った落とし前、つけて貰《もら》うぜ」

ガゾスは刀を構え、獰猛《どうもう》に唸《うな》った。

「〈竜王〉、てめえは後回しだ。そこで待ってろ」

「べつにいいけど。あんた、その子供に勝てるのかしら？」

（……っ、余計な挑発をするな！）

ヴェイラのほうを睨《にら》むレオニス。

「ふん、〈六英雄〉を倒したんだ。ただの子供ではあるまいが」

「待て、まずは俺の話を……ぬおっ！」

〈獣王〉が無造作に振り下ろした刀の刃《やいば》を、レオニスは間一髪、魔杖《まじよう》の柄で受け止めた。

――が、凄《すさ》まじい剣風が吹き荒れ、瓦礫《がれき》ごと一気に吹き飛ばされる。

「……ぐ、お……！」

瓦礫の残骸《ざんがい》に、したたかに身体《からだ》を打ち付けた。

咄嗟《とつさ》に魔力強化していなければ、十歳の子供の身体は粉々に砕けていただろう。

「……くっ！」

ふらふらと立ち上がり、魔杖を構えようとして、

……ふと気付く。

両手に構えた魔杖が、真ん中でポッキリと折れていた。

（……ぜ、〈絶死眼の魔杖〉があああああっ⁉）

奪われた〈封罪の魔杖〉には劣るものの、二つと無い伝説級の魔導具だ。

レオニスの財宝のコレクションの中でも、お気に入りの逸品だったのである。

「よく防いだ。さすがに、伝説の魔王《ゾール・ヴァディス》の名を騙るだけはあるな」

刀を手にしたガゾスが突進してくる。

「……っ、おのれ、〈炎地滅呪弾《メル・ジオラ》〉！」

折れた杖の尖端《せんたん》を突き出し、第六階梯《かいてい》の魔術を放つ。

紅蓮《ぐれん》の焔《ほのお》に包まれる、〈獣王〉の巨躯《きょく》。

――が、すぐに焔を蹴散らして、重戦車のように突っ込んでくる。

「はあああああっ！」

刀を振りかぶり、レオニスめがけて振り下ろすと――

レオニスの身体《からだ》が粉々に砕け散った。

「……ん？」

「――ガゾスよ、俺の魔杖《まじょう》は高くつくぞ」

レオニスはガゾスの背後の影から、姿を現した。

砕け散ったのは、幻影の魔術をかけた身代わりの骸骨戦士だ。

「第八階梯《かいてい》魔術――〈焦熱炎獄砲《アル・グ・ベルゼルガ》〉！」

ズオオオオオオオオオンッ！

荒れ狂う灼熱《しゃくねつ》の業火《ごうか》が、無防備な〈獣王〉の背中を直撃。

巨大な火柱が天を衝《つ》くように立ち上る。

「油断したな、〈獣王〉。闘気も纏《まと》わずに突っ込んでくるとは」

「はっ、この程度の炎、闘気を纏うまでもねえ」

激しく荒れ狂う火柱の中で、獣王の声が響く。

「なに？」

「はあああああッ！」

ガゾスが天を見上げて咆哮《ほうこう》すると、魔術の炎はあえなく吹き散らされた。

（……っ、気合いだけで、俺の第八階梯魔術を!?）

レオニスも〈龍神《りゅうじん》〉との連戦で、魔力を大きく消耗しているとはいえ——

防御魔術を唱えたわけでもない、ヴェイラのように対魔術特性のある鱗《うろこ》があるわけでもない、ただ鍛え上げた己の肉体のみで、最高位の魔術をかき消したのだ。

（……っ、あいかわらず、無茶苦茶《むちゃくちゃ》な生物だな）

後方に跳んで距離をとりつつ、歯噛《はが》みする。

「せっかくの一騎打ちなんだ、もっと楽しませてくれよ」

牙を剥《む》きだし、凶暴に嗤《わら》うガゾス。

（……こいつ、さてはゾール・ヴァディスを騙《かた》る俺に憤慨しているというより、ただ強敵と戦いたいだけではないのか？）

なにしろ、レオニスのかつての師である六英雄最強の〈剣聖〉シャダルクに、一騎打ちを挑んで果てたほどの戦闘狂なのだ。

「お、おやめください、獣王様っ！」

その時。背後より放たれた影の鞭《むち》が、刀を手にしたガゾスの右腕に絡み付いた。

「シャーリ!?」

「じゅ、獣王様といえど、それ以上の狼藉《ろうぜき》は許しません！」

「邪魔をするな、メイド。興が削《そ》がれる」

ガゾスは影の鞭《むち》をあっさり引き千切ると、隻眼でシャーリを睨《にら》んだ。

「ひうっ——」

その眼光だけで、シャーリは怯《おび》えすくみ、膝を屈する。

戦場において、数万の敵軍を圧した眼光だ。

レオニスにとってはなんともないが、シャーリではとても耐えられまい。

「俺の従者になにをするかっ！」

レオニスは地面に手を叩《たた》き付けた。

第八階梯《かいてい》魔術——〈地烈衝破撃《グラズ・ガルド》〉。

虚空《こくう》より召喚された無数の岩柱が、ガゾス・ヘルビーストめがけて殺到する。

超大型の〈ヴォイド〉さえ、一撃で葬る戦術級魔術。

「はっ、面白《おもしれ》えっ——！」

ガゾスが刀を真上に振り上げた。

放射状に放たれた闘気が岩柱を粉砕し、瓦礫《がれき》を巻き上げて轟々《ごうごう》と渦を巻く。

「次は手加減無しだ。受けてみるがいい、魔王を騙《かた》る不届き者よ——」

「か、加減しろ馬鹿者っ、〈セントラル・ガーデン〉ごと沈める気か！」

罵りの声を上げ、自身とシャーリの周囲に〈力場の障壁〉を展開するレオニス。

「はあああああっ、〈獣王激破斬《じゆうおうげきはざん》〉！」

刀身に収束した闘気が解き放たれようとした、その刹那。

「――そこまでだ、〈獣王〉よ」

ズンッ――！

巨大な氷の刃《やいば》が、ガゾスの眼前に壁のように突き立った。

「……っ!?」

ガゾスとレオニスが、同時に見上げると、

「――まったく、なにをしているのだ」

空に浮かんだ紫水晶の髪の少女が、呆《あき》れたように二人の魔王を見下ろしていた。

「お前は……まさか、〈海王〉か？」

ガゾスが驚愕《きようがく》の声を上げる。

「左様。もっとも、今は〈リヴァイアサン〉を失った半身に過ぎぬがな」

水の羽衣を纏《まと》った美しい少女が、軽やかに地面に降り立った。

「久しいな、ガゾス・ヘルビーストよ。汝《なんじ》もまた、当世に甦《よみがえ》っておったか」

「……う、ぬ……」

隻眼の白虎《びやつこ》は喉の奥で、唸《うな》るような声を洩《も》らした。

……ヴェイラのときとは、露骨に態度が違う。

「ときに〈獣王〉よ、汝《なんじ》は我に一〇〇〇年前の借りがあったな」

「……ああ」

「この場は我に免じて、双方、矛を収めよ」

〈海王〉が静かな声で、そう告げると――

ガゾスは刀を地面に突き立て、その場に腰をおろした。

「ふん、しかたねえな。これからって時だったのによ」

「すまんな。我と〈竜王〉は、〈不死者の魔王〉に話があるのだ」

「……〈不死者の魔王〉だと？」

〈獣王〉が眉をひそめた。

「レオニス・デス・マグナス――あの最強の〈魔王〉までもが復活しているのか!?」

「うむ」

頷《うなず》いて、リヴァイズはレオニスのほうに視線を向けた。

「――その子供こそ、〈不死者の魔王〉だ」

◆

──ドクン、と心臓が鼓動を打つ。

ほとばしる魔力が全身を駆け巡り、意識を覚醒させる。

〈吸血鬼の女王《ヴァインパイア・クイーン》〉の能力──完全自動蘇生《オートリザレクション》。

瓦礫《がれき》の上に横たわったまま、リーセリアは指先をぴくりと動かした。

……様……お嬢様……セリアお嬢様っ……！

「……う……ん……」

薄く眼《め》を開けると、目の前にレギーナの顔があった。

「レギー……ナ……？」

「お嬢様っ、よかった……！」

翡翠《ひすい》色の眼に涙を浮かべ、ぎゅっと抱きしめてくる。

「し、心臓が止まっていたから、もうだめかもって……」

「……うん、大丈夫よ。心臓は、よく止まったりしてるから」

「そ、そうなんです？」

普段は人間に近い生活を心がけているため、自分でもつい忘れがちになってしまうが、アンデッドである彼女の心臓は、もともと動いておらず、血も冷たい。

心臓が動いているのはひとえに、身体《からだ》を循環する魔力のおかげである。

その魔力が尽きてしまえば、肉体は一時的に休眠状態になる。

普通の吸血鬼であれば、棺《ひつぎ》の中で数日間は眠って回復を待つのだが、彼女の場合は魔力の回復量が異常なため、心臓に杭《くい》でも打たれぬ限り、すぐに復活するのだ。

「大丈夫ですか、お嬢様」

「え、ええ……」

レギーナの腕に掴《つか》まり、ゆっくりと半身を起こした。

響き渡る警報音。非常灯が明滅し、崩壊したフロアを照らしている。

あたりにはまだ、大量の土煙が宙を漂っていた。

(……意識を失ってから、それほど時間は経《た》っていない?)

ハッとして、あたりに視線を向ける。

「……フィーネ先輩、は……?」

訊《き》くと、レギーナはきゅっと唇を引き結び、

「……先輩は、消えました」

「消えた?」

「はい。〈ヴォイド〉の群れと一緒に、虚無の裂け目の中に――」

「……え」

……そういえば、あれほどいた、羽蟲型《はむし》〈ヴォイド〉の姿が見あたらない。

いや、それよりも、エルフィーネが虚無の裂け目に消えたというのが重要だ。

それが事実なら、彼女はもう――

（フィーネ先輩、どうして……）

指の痕の残る首に触れつつ、わずかに唇を噛《か》む。

エルフィーネは、リーセリアが不死者《アンデッド》の眷属《けんぞく》となったことを知らない。

つまり、あの時、彼女は本気でリーセリアの命を奪おうとしたのだ。

と――

「その話、詳しく教えてくれるかしら？」

「……っ!?」

突然、降ってきた声に振り向く二人。

「――待って、私よ」

目の前の空間が歪《ゆが》み、白衣の女性が姿を現した。

「……クロヴィアさん」

クロヴィア・フィレット上級研究官。

リーセリアたちに救出を依頼した、エルフィーネの姉だ。

「フィーネちゃんとは、会えたのね」

あたりの惨状を見渡して、彼女は訊いてくる。

「……はい、会えました」

リーセリアはうつむき加減に頷《うなず》いた。

「だけど、フィーネ先輩は、その……」

彼女に、エルフィーネの変貌をどう説明すればいいのか言い淀《よど》んでいると、

「……っ、なにか来ます！」

レギーナが警告の声を発した。

金属を打ち鳴らすような、けたたましい歩行音が近付いてくるのが聞こえくる。

「警備用の戦闘機械《ガーディアン》、まずいわね」

非常灯に照らされた通路のほうを見やって、クロヴィアが呟《つぶや》く。

「話はあとにしましょう。フィーネちゃんがいない以上、こんな場所に長居は無用よ」

「……はい」

たしかに、彼女の言う通りだ。

フィレットの戦闘機械を蹴散らしたところで、研究施設への侵入と破壊が露見すれば、
リーセリアたちが〈管理局〉に捕縛されてしまう。

「――咲耶《さくや》、聞こえます？」

レギーナが通信端末を起動すると、

『ん……える、よ……――』

不明瞭な声が返ってくる。

〈大狂騒《スタンピード》〉の影響で、通信機器にジャミングがかかっているのだ。

「無事なようですね」

レギーナがほっと安堵《あんど》の息を吐く。

中央管制室に向かう途中、咲耶はフィレットの私兵を足止めしてくれていたのだ。

「咲耶、ここを脱出するわ。一階の戦闘車両《バトル・ヴィークル》のところで合流して」

『ん、了か……い――』

「行きましょう、お嬢様」

「ええ……」

レギーナの手を取り、立ち上がるリーセリア。

と――

「――マスター」

積み上がった瓦礫《がれき》の山の中から、透き通った少女の声が聞こえてきた。

「私を掘り起こして下さい」

「あ、ライテちゃん!?　ま、待ってて――！」

リーセリアはあわてて〈誓約の魔血剣《ブラッディ・ソード》〉を顕現させ、瓦礫の山を吹き飛ばした。

第二章　魔王会議

〈第〇七戦術都市《セヴンス・アサルト・ガーデン》〉地下の戦術輸送用トンネルを、〈戦闘車両《バトル・ヴィークル》〉が走り抜ける。

森を強引に突破したり、研究施設の壁をぶち破ったりと、かなり無茶《むちゃ》な使い方をしているが、元々、極地での対〈ヴォイド〉戦闘支援用に製造された車両である。装甲に無数の傷はあるものの、駆動にはなんの支障もない。

「……〈大狂騒《スタンピード》〉は、三〇分ほど前に消滅したようですね」

操縦席のレギーナが、通信装置に耳をあてながら言った。

「同時多発的に出現した複数の〈ヴォイド・ロード〉級の個体と、〈セントラル・ガーデン〉に現れた、超大型〈ヴォイド・ロード〉の反応が消失、それと同時に、裂け目から溢《あふ》れ出した〈ヴォイド〉も姿を消しはじめているようです」

（……きっと、レオ君がやってくれたのね）

リーセリアは胸中でそっと呟《つぶや》く。

「フィレットの追跡部隊は？」

「大丈夫みたいです、いまのところは。追跡車両の反応はありません」

車外に搭載したカメラの映像に目をやり、レギーナは答える。

「侵入の痕跡は消去しておいたわ。ダミーの映像も残しておいたし、大丈夫でしょ」

と、クロヴィアがひと差し指を立てて言う。

「さすが、フィーネ先輩のお姉さん……」

「存在を希薄化する〈聖剣〉の力の応用ね。それより、安全な場所まで離れたことだし、そろそろ話してくれるかしら？　フィーネちゃんのこと」

「ボクも、なにがあったのか聞きたいな」

と、咲耶《さくや》も頷《うなず》く。

「……は、い。わかりました」

リーセリアは頷くと、中央管制室での出来事を二人に話した。

……――。

「そう、フィーネちゃんが〈魔剣〉を、ね――」

話を聞き終えたクロヴィアは、じっと考え込むように俯《うつむ》いた。

「はい、あの禍々《まがまが》しい姿は――〈魔剣〉だと思います」

信じたくはない。

けれど、彼女の尊敬する先輩は間違いなく、〈魔剣〉の力に精神を蝕《むしば》まれていた。

〈聖剣剣舞祭〉で〈帝都〉を訪れた際、エルフィーネは〈魔剣〉をめぐる事件の背後に、フィレット社の〈人造精霊《アーティフィシャル・エレメンタル》〉が関わっていると話していた。

（……フィレットの〈魔剣計画《D.project》〉を探っていたフィーネ先輩が邪魔になった。それとも、優秀な〈聖剣〉を持つ先輩を実験体にした？）

——あるいは、その両方か。

いずれにせよ、エルフィーネを攫《さら》ったディンフロード・フィレット伯爵が、実の娘になんなおぞましいことをしたのか——

……考えるだけで怖気《おじけ》がはしる。

「——それで、フィーネちゃんは結局、どこへ消えたのかしら？」

「フィーネ先輩は、虚無の〈裂け目〉に姿を消しました」

訊《たず》ねるクロヴィアに、今度は操縦席のレギーナが口を開く。

「セリアお嬢様は気を失っていたので、ここからは私が話しますね」

「ええ、お願い」

頷《うなず》くリーセリア。

エルフィーネがどこへ姿を消したのか、彼女も気になっていたところだ。

「——意識を取り戻したわたしは、その、フィーネ先輩が、セリアお嬢様の首を掴《つか》んでいるのを見ました。それで、わたしは目の前が真っ暗になって、無我夢中でセリアお嬢様の名前を叫びながら立ち上がったんです……」

ハンドルを握るレギーナの指先が、わずかに震えた。

「その時、わたしのほうを向いたフィーネ先輩と眼《め》が合いました。あんなに優しかった先輩が、わたしのことなんて全然覚えていないような、冷たい眼で。

　その直後でした。足もとに倒れたセリアお嬢様を見たフィーネ先輩が、悲鳴のような声を上げたんです。苦しみもがくように、あの綺麗《きれい》な髪をかきむしって。それで、わたしは先輩が正気に戻ろうとしているのかもしれないと思って、駆け寄ろうとして――」

　トンネルの先を見据えながら、レギーナは唇を噛《か》む。

「その瞬間、フィーネ先輩のまわりに、虚空《こくう》の裂け目が生まれたんです。亀裂は蜘蛛《くも》の巣のようにあっというまに広がって、先輩は裂け目の中に呑《の》み込まれていきました」

「〈ヴォイド〉の裂け目に……間違い、ないのね？」

「はい、間違いありません」

　訊ねるクロヴィアに、レギーナはこくっと頷いた。

「……時間は、ちょうど〈ヴォイド・ロード〉が消滅して、第〇七戦術都市《セヴンス・アサルト・ガーデン》に発生した〈大狂騒《スタンピード》〉が消滅したタイミングかしら」

　と、クロヴィアが口を開く。

「……それは、わかりません。そうかもしれません」

「〈ヴォイド〉と共に現れ、〈ヴォイド〉と共に姿を消した、か――」

　窓の外に眼をやりつつ、咲耶《さくや》がぽつりと呟《つぶや》く。

「〈魔剣〉の使い手は虚無に蝕《むしば》まれ、〈ヴォイド〉の姿に近付く。まさか、先輩が──」

「まだ、そうと決まったわけじゃないわ」

リーセリアは首を横に振り、咲耶《さくや》の言葉を遮った。

「……ん、そうだね。すまない」

リーセリアはきゅっと手を握りしめた。

「たとえ〈魔剣〉に蝕まれても、きっと、フィーネ先輩の意志は、まだ残っているわ」

「はい、わたしも、そう思います」

「……そうね。フィーネちゃんは、私よりずっと、強い子だから」

膝の上できつく指を絡め、クロヴィアはこくっと頷《うなず》いた。

〈戦闘車両《バトル・ヴィークル》〉は戦術輸送用トンネルを抜け、地上の市街地に出た。このエリアで激しい戦闘があったのか、防衛用の施設はことごとく損傷を受けていた。

〈聖剣学院〉の部隊を輸送する機動車両や、救護車両と次々すれ違う。

「送ってくれてありがとう、このあたりで降りるわ」

〈リニア・レール〉のステーションの前で、クロヴィアが手を挙げた。

「大丈夫ですか？　フィレットの私兵に、狙われたりとか──」

「私一人なら、〈隠匿の指輪《ハイド・アンド・シーク》〉の〈聖剣〉で隠れられるわ」

気遣うリーセリアに、微笑《ほほえ》んで頷くクロヴィア。

「私はディンフロードの居場所を探ってみる。研究施設のデータを持ち出してきたから、なにかフィーネちゃんに関する手がかりがあったら、暗号回線で連絡するわね」

「――はい、お願いします」

リーセリアは頷いて、

「そうだ。あの、クロヴィアさんに頼みたいことがあるんです」

ふと思い出したように声を上げる。

「……？」

シェルターの入り口前で〈戦闘車両〉を停車させ、外に降りると、後部シートの後ろに搭載した格納ボックスの蓋を開けた。

「マスター、おはようございます」

中に入っていたのは、ベルトで固定された、シュベルトライテの上半身だ。

「もしできれば、この子の修理をお願いしたいんですけど……」

「……精巧な魔導人形《マギア・ドロイド》ね。メーカーはどこ？」

「ええっと、メーカーとかは、その、わからなくて……」

しどろもどろになるリーセリア。

「ふうん、わけありってことね。ってことは、軍関係の廃棄品かしら……」

クロヴィアは興味深そうに、シュベルトライテのボディを観察する。

「ま、詮索はしないわ。完全な修理は無理かもしれないけれど、軍事用の義肢をアタッチして、自律行動できるくらいにはしてあげる」

「ありがとうございます、助かります」

「お安いご用よ、あなたたちには、大きな借りもできちゃったしね」

クロヴィアが格納ボックスの蓋を閉めようとした、その時。

「ママー……」

寂しそうな声が聞こえてくる。

「……ママ？」

「ち、違いますっ！」

怪訝《けげん》そうに眉をひそめるクロヴィアに、リーセリアはあわてて首を振る。

「ちょっと離れるだけだから、大丈夫よ。おとなしくしててね」

格納ボックスを覗《のぞ》き込んで声をかけると、

「……了解しました、マスター」

少し拗《す》ねたように返答し、シュベルトライテはまた休眠モードに入った。

「それじゃあ、お願いします」

「ええ、任せて」

「あの……」

請け合うと、クロヴィアは格納ボックスを手にステーションへと向かう。

やがて、その姿は手にしたボックスごと、景色に溶け込むように消えた。

「ちょうど第Ⅱエリアに近いし、ボクもここでお別れしようかな」

言って咲耶《さくや》がタッと降り立った。

「え、寮に戻らないんです？」

レギーナが操縦席の窓から顔を出して訊《き》く。

「ああ。〈オールドタウン〉の屋敷に戻るよ。ここしばらく、雷翁《らいおう》のところに顔を出してなかったからね」

「わかりました。じゃあ、夕飯は大丈夫ですね」

「うん、今晩は屋敷に泊まるから」

「咲耶、気を付けてね」

「ああ、先輩たちも」

咲耶はタッとビルの壁を蹴って姿を消した。

「それじゃ、お嬢様。わたしたちも学院に戻りましょうか」

「そうね、レオ君と合流しないと」

リーセリアは〈戦闘車両《バトル・ヴィークル》〉に乗り込みつつ、通信端末を確認する。先ほどから通信を送っているのだが、レオニスの返信はなかった。

「レオ君、大丈夫かな……」

雲の晴れた青空を見上げ、リーセリアは心配そうに呟《つぶや》いた。

◆

「まさか、最強と謳《うた》われた〈不死者の魔王〉が、こんな姿になっているとはな――」

言って、ガゾス＝ヘルビーストは、酒杯に注がれたワインを一気に飲み干した。

「貴様の身に何があったのだ、レオニス・デス・マグナスよ」

「……まあ、いろいろとあってな」

レオニスは苦い顔で答えを返す。

〈魔王城〉地下八階層――〈骸《むくろ》の広間〉。

レオニスの城を訪れた、ゲストをもてなすための広間である。

ドーム状の屋根に覆われた、円形の広間の中心に、最大八人まで座ることのできる、巨大な骨の円卓が設置されている。

壁には太古の魔物の骨が展示され、時折、不気味に嗤《わら》って客を驚かせる趣向である。

もっとも、今ここにいるゲストたちは、そんなもので驚くような連中ではないが。

「ふむ、なかなか上等な酒だな。深海の王に振る舞われた〈神酒〉には及ばぬが」

「──そうね、もっと飲みたいわ。どんどん並べなさい」

　空にした酒瓶を、つぎつぎとテーブルの上に並べるヴェイラ。

「ふざけるな。これは一〇〇〇年前にガンザール王国を滅ぼした時に手に入れた、極上の葡萄《ぶどう》酒だぞ。二度と手に入らぬ逸品なのだ、もっと味わって飲め」

　文句を言いつつも、レオニスは〈影の王国《レルム・オヴ・シャドウ》〉の宝物庫から、ワインの瓶を取り出した。

「べつにいいじゃない。その身体《からだ》じゃ、どうせお酒は飲めないんでしょ？」

「ぐ、ぬ……」

　実際、レオニスの酒杯に入っているのは、〈第〇七戦術都市《セヴンス・アサルト・ガーデン》〉のスーパーで売っている、果汁一〇〇％の葡萄ジュースである。

　いつもリーセリアが買ってきてくれるお気に入りだ。

「レオニスよ、俺は酒より肉がいい。ひと暴れして、腹が減ったんでな」

「──シャーリ、王宮の食糧庫に保存してある、岩石猪《いのしし》のステーキをお出ししろ」

「はっ、ただいま！」

　給仕役のシャーリが、あわてて〈影の王国〉に引っ込んだ。

「岩石猪か。そいつはいい、奴《やつ》の外皮は俺しか噛《か》み砕けんからな」

　豪快に笑う〈獣王〉に呆《あき》れつつ、レオニスはジュースを口にする。

　ガゾス・ヘルビーストが甦《よみがえ》った経緯は、先ほどシャーリに報告を受けていた。

レオニスが〈死都《ネクロゾア》〉の遺跡でリーセリアに叩《たた》き起こされたのとほぼ同時期に、彼は〈剣聖〉と一騎打ちをして果てた、ブラッドファング平原の跡地で復活したそうだ。

目覚めてしばらくは、手近で見つけた〈ヴォイド〉の〈巣《ハイヴ》〉を襲って退屈を紛らわせていたそうだが、〈巣〉の偵察任務で訪れた、〈帝都〉の聖剣士部隊と遭遇。

獣人族の棄民《きみん》として保護された後、〈帝都〉の地下組織に身を置いていたようだ。

もっとも、力を隠しつつ〈魔王軍〉を復興しようとしていたレオニスと違い、ガゾスは一〇〇〇年後の世界を、気軽に楽しんでいたふしがある。

そんなおり、〈聖剣剣舞祭〉で〈帝都〉を訪れたレオニス――こと〈魔王〉ゾール・ヴァディスが、〈帝都〉の地下組織に対して、配下のスカウトをはじめた。

それに激怒したガゾスは、〈第〇七戦術都市《セヴンス・アサルト・ガーデン》〉に乗り込んできたというわけだ。

(……やれやれ、面倒なことになってしまったな)

〈ハイペリオン〉の事件をきっかけに手に入れた、獣人族の部隊〈狼魔衆《ろうましゅう》〉は、現在、レオニスの〈魔王軍〉の中核を為《な》す存在だ。

たしかに、一〇〇〇年前の獣人族は、ガゾス・ヘルビーストの率いる〈超魔獣軍団〉の指揮下にあったため、ガゾスの言い分にも理はあるだろう。

しかし、それは遙《はる》かな過去の話だ。せっかく苦労して育てた〈魔王軍〉の中核を、〈獣王〉にくれてやるわけにはいかない。

（とはいえ、どうしたものか……）

同じ〈魔王〉を敵に回すのは不毛の極みだ。無論、相手が〈獣王〉とて、負ける気はないが、二人が本気で戦えば、〈第〇七戦術都市〉は壊滅するだろう。

（……それに、ロゼリアには〈魔王〉同士、喧嘩《けんか》するなと言い含められているしな）

しかし、この〈獣王〉は、あらゆる交渉を決闘で解決しようとする。

傍若無人《ぼうじゃくぶじん》な〈竜王〉とは、また違った意味で面倒な魔王なのだ。

（まあ、まともな〈魔王〉など、俺以外にはいないのだが……）

と、自分のことは棚に上げるレオニスである。

「――が、岩石猪《いのしし》のステーキをお持ちしましたっ！」

影から戻って来たシャーリが、岩の塊のような肉の載った皿をテーブルに出した。

声が震えている。〈魔王〉たちを前に緊張しているようだ。

シャーリはレオニスの杯にジュースのおかわりを注ぎつつ、

『――あの、魔王様』

そっと念話を送ってくる。

『よろしかったのですか？　正体をバラしてしまって』

『ああ、どのみち、隠し続けるのは無理だろう』

レオニスが子供の姿になっていることは、ヴェイラとリヴァイズにバレている。

であれば、ゾール・ヴァディスの正体にも、すぐに気付くはずだ。

『魔王様がご不在のときの、私の苦労は一体……』

しょんぼりと肩を落とすシャーリ。

『ところで、例のモノは首尾よく回収したか？』

『はい、すでに〈影の王国《レルム・オヴ・シャドウ》〉の宝物庫に――』

『うむ、よくやった』

例のモノとは、〈ヴォイド・ロード〉と化した〈龍神《りゅうじん》〉ギスアークが所有していた、〈魔王殺しの武器《ジ・アーク・セヴンス》〉のひとつ、双剣〈レスカ・キシャール〉だ。

（ヴェイラに見つかれば、横取りされそうだからな……）

新たなコレクションが増えたと、内心でほくそ笑む。

レオニスは、珍しい武器や魔導具に目がないのだ。

と――

「――ところで、レオ。そろそろ、真面目《まじめ》な話をしてもいいかしら？」

と、ヴェイラが静かに告げた。

「……なんだ？」

よもや〈魔王殺しの武器〉のことがバレたかと、一瞬あわてるレオニスだが、

「アンデッド化した〈龍神〉のことよ。もう一度聞くけど、六英雄クラスの存在を、不死《アンデ》

者《ツド》にして使役できる奴《やつ》に心あたりはある？」

しん、と饗宴《きょうえん》の広間が静まりかえる。

ガゾスも、リヴァイズも、手を止めてレオニスを注視する。

「……」

レオニスは、小さく嘆息すると——

「——いないだろうな、俺以外には」

肩をすくめて言った。

「レオ、それって、どういうこと——」

「ギスアークを屍龍《しりゅう》にしたのは、俺だ」

「……はあ？」

突拍子もないことを口にしたレオニスに、ヴェイラが剣呑《けんのん》な眼《め》を向ける。

「今の発言は、酒宴の席とはいえ聞き流せねえな。どういうことだ、レオニスよ？」

ガゾスも白銀の体毛を逆立て、隻眼で睨《にら》み据えてくる。

「まあ、そう殺気立つな。〈不死者の魔王〉の話を聞こうではないか」

リヴァイズがレオニスをうながすと、
レオニスは短く頷《うなず》いて、口を開いた。

「虚無の世界で、もう一人の〈不死者の魔王〉が復活したのだ」

「……なんだと？」「なんですって？」「……む？」

三人の〈魔王〉は顔を見合わせた。

◆

——驚く〈魔王〉たちに、レオニスは虚無世界での出来事を話して聞かせた。

「以前、アズラ＝イルの〈天空城《アズール・フォート》〉が引き起こした転移現象で、俺たち三人が虚無世界に飛ばされたことがあるだろう」

「化け物になった六英雄の〈剣聖〉と戦ったときね？」

と、ヴェイラが相槌《あいづち》を打つ。

「ああ。あのとき、俺は虚無世界と、人類の生き残っているこの世界が、同じ世界なのではないかという仮説を立てた——」

その根拠は、魔王軍の要塞である〈鉄血城《アイゼン・フォート》〉の遺跡が虚無世界にも存在したことだ。

そして仮説の通り、レオニスは虚無世界で、ログナス王国の都である〈ウル＝シュカール〉の遺跡を発見したのである。

「俺と同じ魂を持つ、もう一人の〈不死者の魔王〉は、ウル＝シュカールの遺跡の地下深くに封印されていた。封印から解き放たれたもう一人の俺は、俺から〈女神〉の〈魔剣〉

を奪い、虚無の裂け目に姿を消したのだ」

話がややこしくなりそうので、その〈不死者の魔王〉を守護していた存在、〈機神〉シュベルトライテについては、適当に省いて伝える。

かわりに、レオニスと〈不死者の王〉の激闘を、盛りに盛って話すのだった。

「……にわかには、信じられねえな」

話を聞きおえた〈獣王〉が、唸《うな》るように声を発した。

「ああ、無理もあるまい。俺自身、最初に対峙《たいじ》した時は、信じられなかった」

「……いや、お前の話を信じないってわけじゃねえ。しかし――」

と、ガゾスは両手を広げると、

「その〈不死者の魔王〉は、本物なのか？　たんに姿を真似《まね》た、別の存在って可能性もあるだろうよ。お前がゾール・ヴァディスを騙《かた》っているようにな」

そんな皮肉を口にした。

「いや、あれは〈不死者の魔王〉だ。間違いない」

レオニスは首を横に振った。

「俺と戦ったとき、奴《やつ》は第十二階梯《かいてい》の魔術を使おうとした。純粋な魔力の量は、こんな身体《からだ》になってしまった今の俺より上だろう。それに――」

と、苦笑する。

「——先ほども言ったが、〈不死者の魔王〉以外に、六英雄の〈龍神《りゅうじん》〉をアンデッド化して使役できる者などいるはずがなかろう」

「……それはまあ、そうかもな」

「ある意味、自画自賛ね」

ヴェイラが肩をすくめた。

「しかし、だとすると、どうして転生の秘術を使った〈不死者の魔王〉の魂が、二つに分かれてしまったのだ？」

「——さあな。それは俺にもわからん」

訊《たず》ねるリヴァイズに、首を振りつつ答えるレオニス。

「可能性としては、この世界がなんらかの原因で二つに分かれたとき、俺の魂もまた、二つに分かれ、転生したのかもしれん」

……とはいえ、これはあくまでレオニスの憶測だ。

そもそも、なぜ世界が二つに分かれたのか、その理由も原因もわからない。

「——それじゃ、まあ、ちょうどよかったわね」

ヴェイラが不敵に微笑《ほほえ》んだ。

「あたしはもともと、その話をしにここに来たんだから」

「……そうだったな。アズラ＝イルを追って、なにかわかったのか？」

「まあ、ね……」

頷《うなず》いて、ヴェイラはすっと手を掲げた。

——ヴンッ。

と、レオニスたちの座るテーブルの真上に、輝く球体が出現した。

球体の周囲には古代文字が浮かび上がり、高速で回転している。

大きさはバスケットボールほどだが、その外見は、覚醒前の〈機神〉の標準形態、あるいはエルフィーネの〈天眼の宝珠《アイ・オヴ・ザ・ウイッチ》〉によく似た印象を受ける。

「なんだそれは？」

「〈天空城《アズール・フオート》〉にあった、〈天体観測装置《アルマゲスト》〉の核よ」

訊ねるレオニスに、ヴェイラは答えた。

◆

——〈天体観測装置〉。

すべての星の運行を記録する、ドラゴン種族の至宝。

これを奪い返すために、彼女は〈異界の魔神〉を追い立てていたのである。

「本体は持ち運びに不便だから、核だけ引っこ抜いてきたの」

「ドラゴンの至宝を、そんな雑に扱っていいのか？」

「あたしはドラゴンの〈魔王〉よ。なにをしたっていいに決まってるじゃない」

〈竜王〉は、ふふん、と胸を反らして言ってのける。

「で、その玩具《おもちゃ》で、一体なにがわかったんだ？」

レオニスが肩をすくめて訊《き》くと、

「——ふっ、いま見せてあげるわ」

ヴェイラは真紅の髪をふぁさっとかき上げ、竜の言語でなにごとか呟《つぶや》いた。

と、次の瞬間。浮遊する光球が激しく回転し、虚空《こくう》に立体の天球儀を投影する。

「これは——」

「〈天体観測装置《アルマゲスト》〉に残された星の記憶よ——」

投影された天球儀の表面に、聖神暦四四七年の数字が浮かび上がった。

ヴェイラが指先を回すと、中央の星球儀が拡大される。

レオニスはおお、と感心する。

自慢げなヴェイラだが、これはドラゴン種族の技術ではない。

〈天空城《アズール・フォート》〉や〈機神〉を生み出したのと同じ、太古に滅びた超古代文明の魔導技術だ。

「ここが、あたしたちの世界。一〇〇〇年前、〈叛逆の女神《はんぎゃく》〉率いる〈魔王軍〉は敗れ、〈光の神々《ルミナス・パワーズ》〉の祝福を受けた六英雄と人類が戦いに勝利した——」

星の周囲に無数の窓が現れ、それぞれに映像が映し出される。

「そして、〈六英雄〉もまた人類の前から姿を消し、伝説の時代は過ぎ去ったわ」

聖神暦の数字が進むと同時に、窓に映し出された映像も変化する。

〈魔王戦争〉の終結後、人類は束《つか》の間《ま》の平和を享受したのちに、ふたたび国どうしの戦争に明け暮れるようになった。

進化し続ける文明は、剣や槍《やり》をより強力な兵器に変え、魔導の技術は一度に数万人を殺《さつ》戮《りく》するような術式を生み出した。戦火はみるみる拡大し、やがて国家間の戦争が、世界全土に波及しはじめた、その時。

――聖神暦七二四年。

カウントアップが止まり、映像を映し出す画面が消えた。

「……む？」

レオニスは、回転する星球儀に目をこらした。

星の表面。北極の中心に、なにか黒い染みのようなものが、突然現れたのだ。

黒い染みはじわじわと広がり、大陸を覆いはじめた。

「ヴェイラよ、これは一体なんだ？」

訊《たず》ねるが、ヴェイラはいいから見てなさい、とだけ呟く。

「……」

その黒い染みは、大陸を呑《の》み込み、海を呑み込み、星全体を浸食していった。

そして、星が完全に呑み込まれようとした、その時。

真っ黒な星の中に、ごく小さな光点が生まれたのだ。

「……？」

光点は一気に広がると、みるみるうちに黒い染みを押し戻した。

真っ黒な星の半分が、こんどは真っ白な光に覆われる。

と、映し出された星球儀の立体映像が、ザザッと乱れ——

最も大きな変化が現れた。

星球儀がゆっくりと回転しながら、分離しはじめたのだ。

「……星が、分裂した!?」

「そう、このとき、あたしたちの知る世界は二つに分かたれたのよ」

頭上に映し出された二つの星を睨《にら》みつつ、ヴェイラが頷《うなず》く。

「あの黒い染みは、〈ヴォイド〉の瘴気《しょうき》、なのか……？」

「おそらく、そうでしょうね」

ヴェイラは肩をすくめた。

「これが、およそ七〇〇年前に起きた出来事よ。もちろん、星が物理的に二つに割れたわけじゃないわ。ただ、次元の位相がずれて、時空間を隔てて重なりあった状態で、え、え

「えっと……」

「別の可能性の世界がもうひとつ生み出された、というわけだな」

　リヴァイズが横から助け船を出す。

「そ、そういうことよ！」

　ヴェイラはこほんと咳払《せきばら》いして、

「世界が二つに分かれたとき、魔族や魔獣を含めた多くの生命体が、虚無の世界に呑み込まれた。そいつらが、あの異形の化け物――〈ヴォイド〉になったってわけね」

（七〇〇年前、か……）

　ふと、レオニスは思い出す。

　以前、〈第〇六戦術都市《ゼクス・アサルト・ガーデン》〉の博物館で、リーセリアが話していた。

　ある時期に、古代の魔物たちが突然、姿を消したと。

　――大断絶。

　巨大隕石《いんせき》の墜落とも、呪病の蔓延《まんえん》とも、星の魔力の暴走ともいわれているが、いまだにその原因は解明されていないという。

　レオニスに人類統合帝国《インペリアル》の歴史を話した帝弟アレクシオスも、七〇〇年前になにか破滅的な災厄が発生し、それ以前の歴史はたどることができないと語った。

　神々と英雄と、魔王の時代の歴史は、一度完全に抹消され――

人類がふたたび国家を作りはじめるのは、この二〇〇〇年後のことだ。

星の極に現れた、謎の黒い染み。

あれが、虚無の発生した特異点なのだとすれば――

突如、大陸の中央に出現し、虚無の侵蝕《しんしょく》を押し戻した小さな光。

あの光が、虚無の瘴気《しょうき》に呑《の》み込まれた星を救ったのだろうか？

〈天体観測装置《アルマゲスト》〉が映し出すのは、あくまで星の記憶にすぎない。七〇〇年前になにが起きたのかはわかったが、それがなぜ起きたのか、理由は解明してくれない。

ヴェイラが〈天体観測装置〉を操作し、星の配置を現す天球儀を表示した。

「こんなことがあったなら、星の配置が変化していたのも当然ね」

たしかに、天の星の配置は一〇〇〇年前と大きく変わっている。

レオニスの時代には、星の配置に意味を読み取る、占星術などというものがあったが、それはもう、意味を失ってしまったようだ。

「ん、待て……？」

ふと、レオニスはあることに気付いて、疑問の声を上げた。

天球儀のどこを探しても、あの星が見あたらないのだ。

「ヴェイラよ、〈凶星〉はどこだ？」

〈凶星〉――一〇〇〇年前には存在しなかった、空に輝く真紅の星。

〈ヴォイド〉の活動を活発化させ、〈大狂騒《スタンピード》〉の発生にも関係しているという。

王女として生まれたレギーナが、廃嫡される原因となった星だ。

「なに言ってるの。そこにあるじゃない」

と、ヴェイラは天球儀の中心を指差した。

「なに？」

「人間たちが〈凶星〉と呼ぶ星は、七〇〇年前に分離した、もうひとつの世界。あの虚無の星が、この世界と重なり合うときに見える、影のようなものなのよ」

「……そういうことか」

この世界と虚無世界は、物理的な空間で隔てられているわけではない。

時空間を隔てて、重なり合った状態で存在しているのだ。

（……〈異界の魔神〉なら、もっとくわしいことがわかるんだろうが）

――しかし、だとすれば。ログナス王国の遺跡に封印されていた、もう一人の〈不死者の魔王〉もまた、レオニスにとっての〈凶星〉のような存在なのかもしれない。

「――わかったのは、こんなところよ」

ヴェイラが指を鳴らすと、虚空《こくう》に投影された天球儀が消滅した。

「七〇〇年前にこの星に起きた出来事、苦労して奪還した甲斐《かい》はあったかしらね」

「ああ、有益な情報の共有に感謝する」

レオニスは素直に頷《うなず》いた。

〈魔王〉が滅びた後の世界に何が起きたのか、それがわかっただけでも収穫だ。

「それじゃ、用は済んだし、あたしは行くわ」

ヴェイラは満足そうに頷くと、席を立った。

「アズラ＝イルを追うのか？」

「そうね。そうしたいとこだけど――」

と、ヴェイラは振りかえり、肩をすくめる。

「ちょっと、この都市で羽を休めることにするわ」

「な、なんだと⁉」

レオニスの顔が引き攣《つ》った。

「業腹《ごうはら》だけど、〈龍神《りゆうじん》〉との戦いで負った傷が、まだ回復してないのよね」

ヴェイラは軽く肩を回し、リヴァイズのほうに視線を向けた。

「ま、一人で遊ぶのも退屈だし、〈海王〉、あんたも来る？」

「ふむ、我もこの時代の魔導技術には、いささか興味がある」

「待て、俺の〈王国〉で勝手なことをするな！」

「レオの王国ってことは、あたしが好きに使っていいってことよね」

「どんな理屈だ」

「ドラゴンの理屈よ」

しれっと言い放ち、ヴェイラは〈骸《むくろ》の広間〉を出て行こうとする。

「大丈夫よ、なるべく暴れないようにするわ」

「……ぐっ！」

レオニスは一度立ち上がりかけるが、すぐに諦めて、椅子に座りなおした。

暴虐の〈竜王〉を止めることなど不可能だ。

「シャーリよ、ヴェイラとリヴァイズを監視しろ」

「えええっ!?」

シャーリは悲鳴のような声を上げた。

「わ、わたしには、あのお二人を止めることなんて無理です！」

「わかっている。とりあえず、見張るだけでいい」

「わ、わかりました……」

しぶしぶといった様子で頷くと、シャーリは影の中にとぷんと姿を消した。

「……まったく」

嘆息して、レオニスは天井を仰ぎ見る。

と——

「さて、レオニスよ。そろそろこっちの話もつけようか」

岩石猪《いのしし》をたいらげた〈獣王〉が、口を開いた。

「……ああ、そうだな」

レオニスは頷《うなず》くと、杯のジュースを一気にあおる。

「〈超魔獣軍団〉の眷属《けんぞく》を引き抜いたことは水に流そう。お前は、俺が復活したことを知らなかったのだからな。だが、今は状況が変わった」

〈獣王〉が隻眼を開くと、広間の空気がビリビリと震えた。

「お前が配下にしている獣人族は、この〈獣王〉が貰《もら》い受けるぞ」

「そういうわけにはいかん」

レオニスは静かに口を開いた。

「……ん？」

「俺も〈不死者の魔王〉だ。そう簡単に配下を引き渡せば、魔王の面子《メンツ》にかかわろう」

「ほう、それがお前の答えか、〈不死者の魔王〉よ」

ガゾスは愉快そうな唸《うな》り声を上げた。

「では古式の伝統に則《のっと》り、〈魔王〉同士の決闘で話をつけることになるが」

「決闘か。受けてやってもいいが、本当にいいのか？」

「なんだと？」

「貴様の不名誉になると言っているのだ、〈獣王〉よ」

レオニスは自嘲するように肩をすくめてみせた。

「この通り、今の俺の肉体は、脆弱《ぜいじゃく》な子供のものだ。魔力は本来の力の三分の一程度、身体能力にいたっては、シャーリのほうがマシだろう」

「……ぬ」

「それに、もう一人の俺に愛用の魔杖《まじょう》を奪われていてな。本来の力を出せぬ俺に勝ったところで、かの〈獣王〉の名を堕《お》とすことにならぬかと心配しているのだ」

「……ぬ、それは……」

〈獣王〉はぐぬ、と表情を歪《ゆが》めた。

ガゾス・ヘルビーストは、〈魔王軍〉の中でも生粋《きっすい》の戦士。

勝てぬとわかっていて、六英雄の〈剣聖〉に一騎打ちを挑んだ英傑だ。

万全でない相手と戦うことは、名折れにしかならないだろう。

……まあ、今の状態でも、勝つ自信はあるのだが。

「では、どうする。まさか、貴様が本来の力を取り戻すまで待てとでも？」

「いや、それには及ばん」

レオニスは首を横に振り、立ち上がった。

「場所を変えるぞ。〈魔王〉同士の戦いにふさわしい、決闘の場を用意しよう」

◆

——真っ暗な闇の中。

冷たい、まるで氷の中にいるみたい。

……どうして、わたしはこんな場所にいるんだろう？

（……わたしには、帰る場所があるのに）

古びたお化け屋敷みたいな寮の建物。

お気に入りの猫のぬいぐるみ。夕食の温かいスープ。みんなの集まるリビング。

そう、あの場所には、大切なみんながいたはずなのに。

……思い出せない。思い出せない。思い出せない。思い出せない。

第[redacted]小隊の、仲間の顔が、思い出せない。

（……どうして？）

最後に見た、彼女の顔。

綺麗《きれい》な白銀の髪。生真面目《きまじめ》で意志の強い、透き通った蒼氷《アイス・ブルー》の眼《め》。

暗闇の中にいたわたしの手を取ってくれた、優しい後輩の少女。

誰かの細い腕が、その少女の首をゆっくりと絞める。

やめて。やめて。やめて。やめてやめてやめてやめてやめて。

どうして、そんなひどいことをするの？

……違う。この手は、わたしの手だ。

わたしが、彼女を――リ[redacted]リアを……――

「……あ……あ、あああ…………」

闇の中で、少女の慟哭《どうこく》が反響した。

第三章　帰投

「ふははは っ、なかなか愉快な闘いだったぞ、レオニス」

「ふっ、俺もだ、〈獣王〉。一〇〇〇年ぶりに血が疼《うず》いたわ」

「一〇〇〇年前のお前に血は流れていなかっただろうが」

「……っ、も、ものの例えだ」

制服姿のレオニスは、装着したゴーグルを外した。

仮想の山林フィールドが消失し、白い壁に囲まれた無機質な空間が視界に現れる。

〈聖剣学院〉の敷地内にある、シミュレーション戦闘訓練ルームである。ここでは〈仮想量子都市〉の一部にアクセスし、疑似的な戦闘訓練ができるのだ。

登録した〈聖剣〉の能力を再現した上で、市街、平野、山林など、二〇〇種類以上のフィールドを使用することができる。

本来は対〈ヴォイド〉戦闘訓練を行うための最新装置だが、学院生の多くは、ゲーム感覚で楽しんでいるようだ。

かくいうレオニスも、エルフィーネに教えられて、一時ハマっていたことがある。

もっとも、仮想空間の中では、さしものレオニスも〈魔王〉の力を振るうことができず、エルフィーネに容赦なく叩《たた》きのめされてばかりだったが。

ともあれ、この訓練装置を使えば、〈第〇七戦術都市《セヴンス・アサルト・ガーデン》〉に被害を及ぼすことなく、思う存分に真剣勝負ができるというわけだ。

「しかし、これは面白いな。気に入ったぜ」

ガゾスがゴーグルを興味深げに眺めた。

「うむ、人類の魔導技術の進化には、魔導を極めた俺でさえ驚いている」

ふっと肩をすくめつつ、レオニスは端末に表示されたスコアを見せた。

「――スコアは、ほぼ引き分けだな」

「ああ、同じ〈魔王〉どうしの真剣勝負の結果だ。文句はねえよ」

鷹揚《おうよう》に頷《うなず》くガゾス。

序盤のマッチこそ、慣れているレオニスが優勢だったが、〈獣王〉の超絶的な反射神経はゲームでも遺憾なく発揮され、後半は一気に巻き返されてしまった。

事前にマッチ数を決めていなければ、惨敗を喫していただろう。

（……ガゾスが約束を重んじる〈魔王〉なのは幸いだったな）

レオニスは胸中で安堵《あんど》の息を吐く。

ヴェイラなら勝負のやり直しを要求し、火を噴いて暴れていたに違いない。

「では、事前の取り決め通り、〈狼魔衆《ろうましゆう》〉の半分を引き渡そう」

「ああ、戦士の選別はこちらでさせてもらうぜ」

「それは構わん」

レオニスは頷《うなず》いた。

ガゾスが配下に欲しがっているのは、〈赤獅子族《あかじし》〉や〈灰熊族〉など、とくに戦闘能力に優れた部族出身の獣人である。

戦闘能力の高い獣人を引き渡すのは一見、レオニスが譲歩したように見えるが、レオニスとしては戦闘力よりも、諜報《ちようほう》能力の高い〈影狼族《かげろう》〉のような獣人のほうが重宝する。

（……配下を失ったのは痛いが、ガゾスと和議を結ぶ代償としては悪くない）

ガゾス・ヘルビーストは、常に魔王戦争の最前線で戦ってきた、歴戦の戦士。

甦《よみがえ》ったもう一人の〈不死者の魔王〉と戦う上で、味方にすれば頼もしい存在だ。

「さて、そろそろ本拠地に戻るか。あまり留守にするわけにもいかねえしな」

ガゾスは巨躯《きよく》を持ち上げ、シートから立ち上がった。

〈獣王〉は現在、獣人族による〈帝都〉の地下犯罪組織を束ねているらしい。

ドアを開け、訓練施設の外に出ようとしたところで、

「ああ、そういえば——」

ふと思い出したように、ガゾスは振り返った。

「お前らが六英雄の〈龍神《りゆうじん》〉と戦ってたとき、胡乱《うろん》な奴《やつ》がうろちょろしてたぞ。人間の姿

をした、あー、なんだったか、たしか、〈異界の魔神〉の配下だった奴だ」

「……ネファケス・レイザードか？」

レオニスは鋭く訊《たず》ねる。

「ああ、それだ。小賢《こざか》しいやり口で俺に挑んできやがったが、奴はなんだ？　復活して、お前の配下になったってわけでもなさそうだが」

「奴がなにを目論《もくろ》んでいるのか、俺にもわからん」

と、首を振るレオニス。

「ただ、〈ヴォイド〉の力を宿した旧〈魔王軍〉の幹部連中が、各地に眠る〈六英雄〉と〈魔王〉を復活させようと画策しているようだ」

ネファケス・レイザードだけではない。

レオニスの配下であった、妖魔参謀ゼーマイン。

追放された〈影の王国《レルム・オヴ・シャドウ》〉の女王シェーラザッド。〈聖剣剣舞祭〉に乱入し、〈帝都〉の上空に巨大な虚空《こくう》の裂け目を生み出したのもまた、旧〈魔王軍〉の幹部だ。

「ログナス王国の遺跡で、もう一人の俺を復活させたのも奴だ」

「ほう、そうだったか」

ガゾスは喉の奥で唸《うな》った。

「……やはり、遊ばずにさっさと殺しておくべきだったな」

「まあ、一応、奴《やつ》の動きには注意を払っておけ。たいした力はないだろうが、暗躍されると目障《めざわ》りなのでな」

「ああ、次に見かけたら、有無を言わさず叩《たた》き潰しておくとしよう」

〈獣王〉は不敵に嗤《わら》い、後ろ手に手を振った。

戦闘訓練施設を出たレオニスは、通信端末を取り出して起動した。

と、同時に呼び出し音が鳴り、眷属《けんぞく》の少女の声が聞こえてくる。

『あ、レオ君。よかった、全然出てくれないから、心配したのよ』

「すみません、〈大狂騒《スタンピード》〉の影響で通信が不安定で……」

『いま、どこにいるの？』

「ええっと、〈聖剣学院〉の訓練エリアです」

『あ、そうなんだ。わたしたちも、もうすぐ戻るところよ。それじゃあ、講堂の前あたりで待ち合わせましょう』

「――わかりました」

◆

「――レオ君！」

「少年、ここですよー」

——十分後。

講堂の前に着くと、リーセリアとレギーナが手を振って呼んでいるのが見えた。

レギーナがジャンプするたび、ツーテールの髪がぴょんぴょん跳ねる。

「お待たせしました」

あわてて駆け寄ると、リーセリアはレオニスをぎゅっと抱きしめた。

「レオ君、もう、心配したんだからね」

ふよんっ、とやわらかな胸に包まれ、顔を赤くするレオニス。

細い白銀の髪が、頬《ほお》をそっとくすぐる。

「セ、セリアさん、苦しいです……」

「あ、ご、ごめんね……」

リーセリアは少しだけ身体《からだ》を離すと、膝を屈《かが》めて耳もとで囁《ささや》く。

「レオ君、ありがとう。みんなを救ってくれて」

「いえ……」

蒼氷《アイス・ブルー》の目に見つめられ、レオニスは気まずそうに視線を逸《そ》らした。

……べつに、人間たちを救おうとしたわけではない。

あくまで、レオニスの〈王国〉を守っただけだ。

（……勇者ではあるまいし）

ふと大昔の苦い思い出を想起しそうになり、胸中でかぶりを振ると、

「……そういえば、〈サンダーボルト〉はどうしました」

レギーナのほうを向いて訊《たず》ねる。

「〈セントラル・ガーデン〉の駐車場に停《と》めておきましたよ。学院の中に入れると、いろいろ面倒そうですしね」

「助かります」

気を回してくれたレギーナに、レオニスは感謝する。

〈サンダーボルト〉は非合法の手段で手に入れた、非登録の軍用車両だ。

しかも、レオニスの趣味でいろいろ改造してある。

学院の〈管理局〉に照会されれば、たしかに面倒なことになっただろう。

駐車場にあるなら、あとでシャーリに回収させればいい。

――と、そこで、もうひとつ大事なことを思い出した。

いや、こっちのほうがはるかに大事だ。

「――ええっと、遺跡で発見した魔導人形《マギア・ドロイド》は、どうしました？」

〈機神〉の残骸《ざんがい》は、〈サンダーボルト〉と接続し、一体化していたはずである。

「ライテちゃんは修理中よ。手足を付けてくれるって」

リーセリアが答える。

「そうですか。じゃあ、エルフィーネさんと合流できたんですね」

レオニスとしても、もともとエルフィーネに修理を頼むつもりだったのだ。彼女の〈天《アイ》・眼の宝珠《オヴ・ザ・ウイッチ》〉があれば、破損した〈機神〉の記憶も修復できるかもしれない。

――と。

「……」

リーセリアとレギーナ、二人は急に口をつぐんで顔を見合わせた。

「ど、どうしたんですか……？」

二人のただならぬ様子に、眉をひそめて訊ねると、

「……レオ君、フィーネ先輩は――」

リーセリアはレオニスの両肩に手を乗せて、静かに話はじめた。

……――。

「エルフィーネ先輩が、〈魔剣〉を……」

話を聞いたレオニスは、低く呻《うめ》くように呟《つぶや》いた。

フィレットの研究施設で、二人の前に現れたエルフィーネは、〈魔剣〉の力を振るい、〈ヴォイド〉の群れと共に、虚無の裂け目の向こうに姿を消したという。

「……先輩は、〈魔剣〉に取り込まれていたんでしょうか？」

レオニスの知る限り、〈魔剣〉の力を振るう者は例外なく、精神を蝕《むしば》まれていた。

以前、リーセリアを襲った、ミュゼル・ローデス。

エルフィーネの所属していた第七小隊の隊長、ライオット・グィネスもまた、〈魔剣〉の力に侵されて正気を失った。

「……ええ、少なくとも、記憶はなさそう……だったわ」

リーセリアは力なく首を振る。

「そうですか……」

「わたし、先輩を助けることができなかった」

レオニスの肩を掴《つか》んだまま、彼女は声を震わせる。

「先輩は、全部一人で抱えて、戦ってたのに……」

「セリアさん……」

「……お嬢様、大丈夫です。フィーネ先輩はぜったい負けたりしません」

「……うん、そう、ね」

頷《うなず》いて、リーセリアは唇を噛《か》みしめる。

「まずは、先輩がどこに消えてしまったのか、手がかりを探しましょう」

「ええ……」

(エルフィーネを攫《さら》ったのは、彼女の生家か……)

と、レオニスは胸中で考える。

……だとすれば、完全に手がかりがない、というわけではない。

ログナス王国の遺跡でネファケスに随伴し、遺跡の守護者たる〈機骸兵〉と〈機神〉を操った〈人造精霊《アーティフィシャル・エレメンタル》〉――〈熾天使《セラフィム》〉。

あれはフィレット社の技術によって生み出された存在だ。

だとすれば、あの司祭とフィレットは、間違いなく裏で手を結んでいる。

（……奴《やつ》を捕らえれば、エルフィーネの居場所もわかるだろう）

◆

学院の敷地内に敷設《ふせつ》された移動式の歩道を通り、三人は居住区画に戻った。

レオニスたちの入居する〈フレースヴェルグ寮〉は、居住区画の中でもいっとう外れた場所にあるため、移動の時間がかかる。

途中、帰還した学院生の部隊とすれ違い、ハイタッチを交わした。

「そういえば、咲耶《さくや》さんはどうしたんですか？」

「咲耶は、〈オールドタウン〉の御屋敷《おやしき》に戻ったわ」

訊《たず》ねるレオニスに、リーセリアは振り向いて答える。

「ああ、里帰りですか」

咲耶《さくや》の後見役である雷翁《らいおう》のところに行ったのだろう。

咲耶には正体もバレていることだし、半分に減った〈狼魔衆《ろうましゅう》〉のかわりに、不思議な力を使う〈桜蘭《おうらん》〉の隠密《おんみつ》部隊を、〈魔王軍〉にスカウトする相談をしたかったのだが。

（……こっちで勝手にスカウトしたら、咲耶も怒りそうだしな）

ああ見えて、咲耶は〈桜蘭〉のお姫様だ。

引き抜きの前に、彼女に話をつけておいたほうがいいだろう。

「あ、お嬢様、懐かしの我が家が見えてきましたよ」

レギーナが丘の上に立つ館風の建物を指差した。

「な、なんだか、ますます廃屋っぽさが増してますね」

「そ、そうね……」

と、顔を引き攣《つ》らせるリーセリア。

〈フレースヴェルグ寮〉の壁には、シャーリが植えた奇怪な植物の蔦《つた》が生い茂り、屋根の軒先には不気味なコウモリの群れがぶら下がっている。

「……けど、なんだか、すごく懐かしい感じがするわ」

「ですね。最後に部屋のベッドで寝たのは、シャトレス王女殿下にお茶会に招かれる前日ですから、ええっと、何日前でしょう――」

指を折り、日数を数えるレギーナ。

〈エリュシオン学院〉で〈影の女王〉シェーラザッドの企てた事件に巻き込まれ、〈裂け目〉の向こうの虚無の世界で〈精霊王〉と戦い、旧ログナス王国の遺跡では、封印から解かれた、もう一人のレオニスと戦った。

時間にすれば八十時間程度だが、たしかに懐かしく感じられる。

「早くシャワーを浴びたいですねー」

シャツの襟に指をかけ、パタパタと仰ぐレギーナ。

「レギーナ、はしたないわよ」

そんな会話をしつつ、寮の玄関前に着くと、

『──おお、ご帰還なされたか、レオニス殿』

レオニスの頭の中に、念話の声が聞こえた。

ふと足を止め、視線を下に向けると、植え込みに転がった髑髏《どくろ》が顎を鳴らした。

ログナス三勇士のリーダー、法術士ネフィスガルだ。

〈聖灯祭〉のホーンテッド喫茶以来、庭のオブジェとして寮を守護しているのだった。

『うむ、ネフィスガルよ、俺の留守をご苦労だったな』

レオニスは足を止め、念話を返した。

先の〈大狂騒《スタンピード》〉では、この〈聖剣学院〉にも〈ヴォイド〉の群れが押し寄せたようだが、

〈フレースヴェルグ寮〉が無事なのは、ログナス三勇士の働きによるものだろう。
ちなみに、アミラスとドルオーグは、建物の裏手に配置してある。
『──して、レオニス殿、ご報告がありますれば』
『む、なんだ？』
『じつは、一時間ほど前に寮に侵入者が──』
『侵入者だと？』
レオニスは眉をひそめた。
『なぜ蹴散らさぬ？』
『そ、それが……』
植え込みの上で、髑髏《どくろ》がカタカタと鳴る。
歴戦の勇士であるネフィスガルが、まるで何かに怯《おび》えているようだ。
『一体、何者だ……』
「レオ君、どうしたの？」
と、玄関の鍵を開けていたリーセリアが、怪訝《けげん》そうな顔で振り向く。
「あ、いえ、なんでもありません！」
「ほら、少年も入ってください」
レギーナにうながされ、レオニスはあわてて植え込みを離れる。

ドアが開く。玄関に足を踏み入れてすぐに、違和感を覚えた。

（……何者かの気配？）

警戒し、さりげなく眷属《けんぞく》の少女の前に出る。

と――

「あ、やっと帰ってきたわね、レオ」

リビングのソファの肘掛けから、真紅の髪の少女がひょっこり顔を出した。

「遅かったな、勝手に上がらせてもらったぞ」

続いて、紫水晶の髪の少女が、缶ビールを片手に声をかける。

「お、お前たち、なにをしている!?」

レオニスは思わず、引き攣《つ》った声で叫んだ。

◆

〈竜王〉ヴェイラ・ドラゴンロードと、〈海王〉リヴァイズ・ディープ・シー。

かつて、世界に破滅と恐怖をもたらした二人の〈魔王〉は――

下着に上着を羽織った風呂上がりの恰好《かっこう》で、堂々とくつろいでいた。

「わ、わたしのシャツ……」

唖然《あぜん》として呟《つぶや》くリーセリア。

「ああ、借りたわよ。昔の服と違って、肌触りがいいわね」

ヴェイラが悪びれもせず言って、缶ビールを飲みほした。

（……～っ、侵入者はこいつらか！）

レオニスはこめかみを押さえつつも、納得した。

〈ログナス三勇士〉といえど、〈魔王〉が相手ではどうしようもあるまい。

ソファに寝そべるヴェイラに足早に詰め寄ると、小声で問いただす。

「どういうことだ？　人類の都市を観光するんじゃなかったのか？」

「前にレオと遊びに行った場所があったでしょ。あそこに行ってみたんだけど、建物がぜんぶ地面に埋まっちゃってたのよね」

たしかに、〈ヴォイド〉の〈大狂騒《スタンピード》〉が消滅したとはいえ、〈第〇七戦術都市《セヴンス・アサルト・ガーデン》〉は、いまだ第一種戦闘形態のままである。

ショッピングモールやレジャー施設が、開店しているはずがない。

「だからといって、なぜここに来る？」

「ここって、レオの眷属《けんぞく》の住処《すみか》なんでしょ？」

「ああ、そうだ」

「レオのものはあたしのもの。レオの眷属のものもあたしのものなんだから、好きに使ったっていいじゃない」

「なんだその理屈は！」

「ドラゴンの常識よ」

ふっと不敵に微笑《ほほえ》んで、ヴェイラは空き缶をテーブルに積み重ねる。

『も、申し訳ありません、魔王様っ……』

と、レオニスの脳裏にシャーリのすまなそうな声が響いた。

『わたくしでは、〈竜王〉様を止めることが出来ず……』

『まあ、そうだろうな』

レオニスは胸中で嘆息した。

（……市街地で暴れられるよりは、マシと考えるべきか）

「あ、あのー……」

と、玄関のところで、レギーナが遠慮がちに声を発した。

「そちらの方はたしか、少年のお友達《ともだち》、でしたよね？」

ソファに寝そべるヴェイラのほうを見て訊《たず》ねる。

レギーナは一応、ヴェイラとは顔見知りだ。

ショッピングモールの屋上のプールで、リーセリアとタッグを組んで、ウォーターシューティングのバトルをしたことがある。

「お友達《ともだち》？　まあ、そうね……」

ヴェイラはくすっと笑い、肩をすくめてみせた。

「えっと、そちらの御方《おかた》は——」

と、今度は椅子の上で膝を抱えて座る、リヴァイズのほうに目を向ける。

「……私か、人間よ？　私は、そうだな——レオニスの生き別れの姉だ」

「えええええっ、少年のお姉さん⁉」

衝撃を受けたように目を見開くレギーナ。

「お、おい、どういうつもりだ！」

レオニスがリヴァイズを睨《にら》むが、

「……そうですか。こんな綺麗《きれい》なお姉さんがいたなんて、知りませんでした」

「うむ、一人暮らしをする弟のことが心配で、見に来たのだ」

リヴァイズはしれっとレオニスの頭をかき抱く。

（……〈海王〉め、精神干渉の魔術を使ったな）

〈魔王〉の使う精神干渉の魔術に、抵抗できる人間などいない。

「あ、それじゃあ、お持てなししないとですね！　ちょっと待っててください、シャワーを浴びたら、ご馳走《ちそう》を作りますね」

「気を遣わせてしまってすまぬな」

自室へ向かうレギーナに、そうねぎらいの言葉をかけて、

「……？」

と、リヴァイズはリーセリアのほうを見て、不思議そうに首を傾《かし》げた。

「不可解だな。その娘には、我の魔術が効いておらぬようだ」

「え、ええっと……」

〈海王〉の湖面のような色の瞳に見つめられ、リーセリアが戸惑っていると、

「その娘はレオの眷属《けんぞく》よ。最高位の〈吸血鬼の女王《ヴァインパイア・クイーン》〉、精神系魔術には耐性があるわ」

ヴェイラが人差し指をたてて言う。

「不死者《アンデッド》の眷属か。なるほどな」

リヴァイズは納得したように頷《うなず》くと、

「我はレオニスとは古い知り合いだ。わけあって、この島に滞在しておる」

「……わ、わかりました」

ごくりと息を呑《の》み、緊張気味に答えるリーセリア。

リヴァイズがヴェイラと同格の絶対的な存在であることを、本能で察したのだろう。

それにしても、まさかリビングでくつろいでいるこの二人が、彼女の父、エドワルド公爵の研究していた〈魔王〉だとは思うまい。

――と。

「あ、あの、ヴェイラさん……！」

リーセリアがヴェイラのほうを向き、緊張気味に声をかけた。

「──〈竜の血〉を、ありがとうございました。おかげで助かりました」

背筋を伸ばし、丁寧に頭を下げる。

「ふうん、あたしの〈竜の血《ドラゴン・ブラッド》〉を使ったのね」

そんなリーセリアを面白そうに眺めるヴェイラ。

「なんだと？」

リヴァイズがわずかに眼《め》を見開いた。

「まさか、〈竜王の血〉を与えたのか？」

「ええ、ほんの少しだけどね」

「〈竜王の血〉を操ることができたのは、吸血鬼の始祖の中でも〈竜血公爵《ドラクウェル》〉だけだと聞き及ぶが、まして、おぬしの血を使いこなすとはな──」

紫水晶の瞳が興味深そうに輝く。

と、リーセリアはヴェイラのもとに詰め寄って、

「あの、ヴェイラさんに、お願いがあるんです！」

なにを思ったのか、ソファの前で床に拳をあててかしずく。

「セリアさん？　なにを……」

眷属《けんぞく》の突飛な行動に、レオニスは戸惑うが、

「レオの眷属が、このあたしにお願い？　面白いじゃない」

ヴェイラはくすっと微笑《ほほえ》んだ。

「ま、いいわ、聞くだけ聞いてあげる。言ってご覧なさい」

「は、はい、あの、わたしに、あの〈竜の血〉の力の使いかたを、もっと教えていただけないでしょうかっ！」

リーセリアは息を呑《の》み、ヴェイラの眼をまっすぐに見つめた。

……ほんのわずかな間があって。

「へえ――」

と、ヴェイラが口もとをほころばせる。

「――力に溺れたわけではないようね」

「……助けたい人がいるんです。救いたい仲間が。でも、いまのわたしじゃ、その人を取り戻すことができなくて、だから……」

「ふっ、いいわ」

ヴェイラは身を起こし、真紅の髪をふぁさっとかき上げた。

「どうせ暇だったし、特別に稽古をつけてあげる」

「あ、ありがとうございます！」

「ただし、あたしの稽古はちょっと厳しいわよ」

「……覚悟はしてます」

リーセリアはごくりと息を呑《の》んだ。

「セリアさん、本当に大丈夫ですか？」

「……うん。フィーネ先輩を救うために、わたし、強くなりたいの」

リーセリアの決意に満ちた顔を見て、レオニスは口をつぐんだ。

（俺の眷属《けんぞく》に、ちょっかいを出すなと言いたいところだが……）

これはリーセリア自身の望んだことだ、なにも言うまい。

「修行する場所、あるんでしょ？　案内しなさい」

ヴェイラはソファから立ち上がると、リーセリアを手招きする。

「は、はい、師匠！」

玄関の外へ向かう二人を見て、リヴァイズが呟《つぶや》く。

「ふむ、〈竜王〉に気に入られるとは、あの娘、ただ者ではないな」

「師匠は私では……？」

◆

影の中では、シャーリがちょっと拗《す》ねていた。

〈第〇七戦術都市《セヴンス・アサルト・ガーデン》〉――第Ⅱ区画〈オールドタウン〉。

「咲耶《さくや》様、お覚悟っ！」

「お覚悟おっ、とりゃあああああ！」

「甘いよ――」

手刀一閃《いっせん》。

飛びかかってきた二つの影は、屋敷の庭にバタバタッと倒れ伏した。

「くっ、お見事です、咲耶様……」

「ますます技が冴《さ》えてますねえ」

地面に転がりながら、なぜか嬉《うれ》しそうに呟く二人の少女。

影華《えいか》と黒雪《くろゆき》は、〈桜蘭《おうらん》〉の暗部部隊〈叢雲《むらくも》〉に所属する隠密《おんみつ》である。

主君の修行のため、こうしてたまに不意打ちで襲撃するのが、咲耶が御屋敷《おやしき》に帰ったときのならわしだった。

「さすがに、気配でバレバレだったよ」

二人を助け起こしつつ、咲耶は苦笑する。

最近は、この程度の奇襲は、もう軽くあしらえるようになってしまった。

（……影華と黒雪には悪いけど、物足りないな）

咲耶《さくや》と同程度の腕を持つ、練習相手が欲しい。

最近知り合ったエルフの剣士、アルーレとなら、いい勝負ができそうだが、彼女はなにか使命があるとかで、〈ヴォイド〉の世界に消えてしまったのだ。

(……リーセリア先輩はどうだろう？)

彼女は最近、かなり腕を上げてきている。

(今度、試合を申し込んでみようかな……)

と、そんなことを考えつつ、御屋敷《おやしき》の玄関へ足を向ける。

「そういえば、咲耶様がお戻りになられるのは、久し振りですね」

「ああ、長く留守にしていてすまない。ちょっと、旅に出かけていてね」

後ろをついてくる影華《えいか》に、答える咲耶。

「旅ですか？」

「武者修行だよ」

まさか〈ヴォイド〉の世界にいたと、正直に話すわけにはいかない。

まして、つい先ほどまで、フィレットの研究施設で大暴れしてきたなどとは、口が裂けても言えない。雷翁《らいおう》にバレたら、三時間のお説教コースである。

(影華は、気付いているかもね……)

〈オールドタウン〉の銭湯で身だしなみは調えてきたが、たとえ血の匂いを消せたとしても、人を斬ったあとの感情の乱れは、隠すことが難しい。
（……いや、違う。あれは、人じゃない）
自身に言い聞かせるように、胸中で呟《つぶや》く。
フィレットの研究施設で遭遇した、プロテクター・スーツを纏《まと》った私兵。
斬り捨てたマスクの下に現れたのは、咲耶の見知った顔だった。
〈桜蘭《おうらん》〉最強の傭兵《ようへい》集団――〈剣鬼衆《けんきしゅう》〉のリーダーだった男、宇斬《うざん》。
故国を滅ぼしたヴォイド・ロードに復讐《ふくしゅう》を果たすため、〈魔剣〉の力に身を染めた。
（……〈剣鬼衆〉を後援していたのは、フィンゼル・フィレット）
そして、研究施設にいた、あの十数体の宇斬は、〈魔剣〉と融合していた。
（おそらく、〈人造人間《ホムンクルス》〉の技術で作られたものだ……）
魂を持たない器に、なんらかの方法で〈魔剣〉の力を宿らせた兵器。
（……許さない）
知らず、咲耶は拳を握り締める。
あれは記憶も人格もない、人の姿をした兵器だ。
それでも、人を斬る感触は、まして同胞の姿をしたものを斬るのは不快だった。
（あれを作った奴《やつ》には、絶対にその身で贖《あがな》わせる――）
――と。

「殺気が洩《も》れておりますぞ、咲耶《さくや》様」

庭園に面した襖《ふすま》の奥から、老人の声が聞こえてきた。

「……雷翁《らいおう》」

咲耶が足を止めると、影華《えいか》が襖をあけてくれる。

部屋の真ん中に、白髪の老人が座っていた。

「よくお戻りになられました、咲耶様」

「ああ、心配かけてすまない」

部屋に入ると、影華がそっと襖を閉め、姿を消した。

「姫様がふらりといなくなるのは、いつものことでしょう」

雷翁は片目を開け、咲耶の顔をじっと見据えた。

「ふむ、少し見ないうちに、見違えましたな」

「そうかな、成長期だからね」

咲耶は自身の両胸に手をあててみせる。

「いえ、そちらはまるで成長しておりません」

「し、失礼だよっ！」

むっと頬《ほお》を膨らませる咲耶。

「……」

雷翁はゆっくりと両目を開け、静かに口を開いた。

「――人を斬りましたな、咲耶様」

「……ああ」

と、咲耶は短く頷《うなず》く。

「誤魔化《ごまか》せないね、爺《じい》やには」

「やはり、先ほどの殺気は、そうでしたか……」

むう、と唸《うな》る雷翁の前に、咲耶は座った。

「斬ったのは、人の姿をした魔物だよ。それでも、人の姿をしているだけで、こんなにも心が乱されるものだね」

「人の姿をした魔物……例の〈魔剣〉に取《と》り憑《つ》かれた化け物、ですか」

「うん。しかも、宇斬《うざん》の姿をしていたんだ」

「……っ、それは、一体――」

雷翁が眼《め》を見開く。

「〈人造人間《ホムンクルス》〉。フィレット社の魔導技術だよ」

「フィレット社、ですか……」

「ああ。あんなもの、宇斬ほどには強くはなかったけどね」

――と、咲耶は付け足した。

彼女なりの、本物の宇斬《うざん》への気遣いだった。

「爺《じい》や、ボクはフィレットの連中と戦うよ」

「咲耶《さくや》様……」

「連中に散々利用されて、魂まで弄ばれた、〈剣鬼衆《けんきしゅう》〉の仇《かたき》だけじゃない。ボクの大切な先輩が、奴等《やつ》に攫《さら》われたんだ」

咲耶は畳に拳を打ち付けた。

「──爺や、力を貸して欲しい」

と、雷翁《らいおう》に深々と頭を下げる。

「……どうか、頭をお上げください、咲耶様」

雷翁は静かに口を開いた。

「我ら〈叢雲《むらくも》〉は、王家に仕える臣下。我らのものは姫様のものです。数は多くはありませんが、臣下一同、お役に立ちましょう」

「ありがとう、爺や」

咲耶は頷《うなず》くと、顔を上げて、雷翁のそばへ膝を近付けた。

「あの、それと、爺やに聞きたいことがあるんだ」

「ふむ、なんでございましょう、咲耶様」

「──姉上は、刹羅《せつら》姉さまは、ほんとうに死んだのかな?」

声をひそめて訊《たず》ねる。

「……それは、どういう、ことでしょう？」

「刹羅姉さまと、会った」

雷翁はハッと眼《め》を見開く。

「咲耶様、それは……」

「――わかってる。姉さまはたしかに、〈桜蘭《おうらん》〉を滅ぼした、あの剣士の姿をした〈ヴォイド・ロード〉に殺された。だけど――」

「……ほかならぬ、咲耶様が仰《おつしや》るのであれば、見間違いということはありますまい」

雷翁は慎重に口を開いた。

「ですが、その、例えば先ほどの〈人造人間《ホムンクルス》〉、という可能性は――」

「……違う、と思う。あれはたしかに、姉さまだったよ」

咲耶は首を横に振る。

人形ではあり得ない。あの少女の人格は、間違いなく姉のものだった。

なによりも、二度、剣を交えたからわかる。

「〈水鏡流《みずかがみりゆう》〉の絶刀技《ぜつとうぎ》は、王家の巫女《みこ》である、ボクと姉上しか使えないはずだ」

「う、む……」

雷翁は難しい顔で唸《うな》った。

「太古の鬼道術には、屍《しかばね》を甦《よみがえ》らせる禁断の邪法があると、聞いたことがありますが」

「屍を甦らせる邪法……」

「失われた伝承です、〈叢雲《むらくも》〉に調べさせましょうか」

「ああ、頼む――」

咲耶《さくや》は頷《うなず》きながら、

(屍を甦らせる邪法、か。そんなものが、本当にあるとすれば……)

その類《たぐい》のことに詳しそうな、とある少年の顔を脳裏に思い浮かべていた。

第四章　エルフィーネの遺志

Demon's Sword Master of Excalibur School

リーセリアがヴェイラと特訓するために出て行った後。

レオニスは部屋で軽くシャワーを浴びてから、また一階のリビングに戻ってきた。

そろそろ陽《ひ》が落ちかけている。

「――レオニスよ、これはなかなか興味深いな」

階段を降りる途中で、声をかけられる。

見ると、ソファに寝転んだ〈海王〉が、タブレット型端末を興味深そうに眺めていた。

端末の裏側には、アルティリア王女の写真をプリントしたシールが貼ってあるので、レギーナに借りたのだろう。

「人類は精霊の力を魔導装置に組み込んでいるようだな」

「ああ、そうだ」

答えながら、レオニスはリビングの明かりをつける。

「魔導の力で、疑似的な精霊を生み出す技術があるそうだ」

「ふむ、似たようなことは、古代の魔導師にもできようが、真に驚くべきは、魔術の素養の無い者でも、この魔導装置を簡単に使えることであろうな」

リヴァイズが端末を指先で叩《たた》くと、映画が流れはじめた。

巨大なサメが都市を襲う、パニックホラーだ。

「あのエビ娘、なかなか良い趣味をしているな」

「……エビ娘？」

レオニスは怪訝《けげん》そうに眉をひそめ、

（ああ、レギーナのことか……）

と、納得する。

ツーテールの髪が、エビの髭《ひげ》のように見えないこともない。

と、奥のキッチンから、鼻腔《びこう》をくすぐるいい匂いが漂ってきた。

ぎゅるる、とレオニスのお腹《なか》が小さく鳴る。

（……～っ、まったく、人間の身体《からだ》というものは）

サメの映画に見入っている〈海王〉をよそに、レオニスはキッチンに足を向ける。

キッチンでは、メイド服姿のレギーナが夕食の準備をはじめていた。

トントン、とまな板の上で、包丁が何かを刻む音。

鼻歌に合わせて、ツーテールの金髪が左右に揺れる。

「レギーナさん」

「あ、少年――」

声をかけると、レギーナはトマトを手にしたまま振り向いた。

「なにを作ってるんですか？」

「パエリアとオニオングラタンのスープですよ」

「なるほど……」

リビングまで漂ってきたいい匂いは、魚介の匂いだったらしい。

「ちょうどいいところに来ましたね。味見してください」

「いいんですか？」

「少年、お腹空《なかす》いてるでしょう。お姉さんにはお見通しですよ」

「……まあ、はい」

お見通されているので、素直に頷《うなず》く。

レオニスはレギーナの脇から、ぬっとキッチン台の上に顔を出した。

ボウルには、ぶつ切りの白身魚や殻付きの貝が入っている。

〈第〇七戦術都市《セヴンス・アサルト・ガーデン》〉の養殖プラントで育てた魚介類は、なかなかの高級品だ。

「レギーナさん、奮発しましたね」

「当然です。少年のお姉さんに振るまう料理ですし」

「……」

レオニスは少し複雑な顔になる。

レギーナはオニオングラタンスープを、小皿によそってくれた。

「どうぞ♪」

「いただきます」

湯気の立つスープをふうふう冷ましてから口をつける。

ほう、と思わず声が洩《も》れた。

タマネギの甘みに、絶妙な塩気ががほどよく調和している。

このスープに熱々のパンを浸せば、さぞ美味《うま》いことだろう。

「美味《おい》しいです」

「よかった。お口に合ったようですね」

レギーナは微笑すると、そっとレオニスの頭を撫《な》でた。

「……レギーナさん？」

戸惑いながら、彼女の顔を見上げるレオニス。

「少年のお友達《ともだち》が来てくれて、よかったです。食材、余っちゃうところでした」

どこか遠くをみつめて、寂しげに呟《つぶや》く。

「……」

きっと、一緒にこの寮に戻るはずだった、あの人のことを考えているのだろう。

「このオニオングラタンのスープ、フィーネ先輩の好物だったんです」

ぽつり、とレギーナは呟《つぶや》くように言った。

静寂の満ちたキッチンに、コトコトと鍋の音だけが響く。

「お嬢様がスカウトしてきたばかりの頃のフィーネ先輩は、食事にまったく興味がなくて、軍用のレーションばかり食べていたんです。ただ栄養がとれればいいって」

「……」

その頃の彼女は、第七小隊が壊滅したことで心に傷を負い、〈聖剣〉の力を失っていた。

喜びや悲しみの感情は失われ、まるで機械のようだったらしい。

「それで、わたしとお嬢様で、いろいろ試行錯誤してたんですけど、やっぱり料理は身体《からだ》が受けつけないみたいで、フィーネ先輩も申し訳なさそうにしてました」

レギーナは小皿にもう一杯、スープをよそい、今度は自分で味見する。

「そんなある日、落ちこぼれだった第十八小隊が、初めて訓練試合で勝ったんです。まあ、咲耶《さくや》もまだいない頃で、いま思えばまぐれみたいなものだったんですけど。それで、お祝いの食事をすることになって。そのとき、フィーネ先輩、せっかくのお祝いだからスープくらいならって、オニオングラタンのスープを少しだけ飲んでくれて……」

レギーナは服の袖で、軽く目もとをぬぐった。

「……はじめて、美味《おい》しいって、笑ってくれたんです」

それから、彼女は二人の作る料理を食べるようになった。

第十八小隊の日々の中で、彼女は少しずつ、心を取り戻していったのだ。

「……あ、だめですね。さっき、タマネギを切ったから、ですかね……」

目もとににじんだ涙を、レギーナは指先でぬぐう。

「……どうぞ」

レオニスは制服のポケットから、ハンカチを取り出し、彼女に手渡した。

「ふふっ、少年は紳士ですね♪」

受け取ったハンカチで、ぐしぐしと涙を拭くレギーナ。

それから、きゅっとハンカチを握りしめ、

「……少年。フィーネ先輩、戻って来ますよね？」

「ええ。大丈夫です」

レオニスはこくりと頷《うなず》いた。

「フィーネ先輩が戻ってきたら、寮で盛大にパーティーをしましょう」

◆

……とっぷり日が暮れた後。

ヴェイラとリーセリアが、〈フレースヴェルグ寮〉に戻って来た。

「あら、いい匂いがするわね」

玄関に着くなり、黄金色の目を輝かせるヴェイラに対し、
リーセリアのほうは疲労困憊《ひろうこんぱい》した様子で、リビングのソファに倒れ込む。

「おかえりなさい、セリアさん。……って、大丈夫ですか⁉」

レオニスがあわてて駆け寄ると、

「ん、レオ君……」

「うわっ、セリアさん⁉」

ぼうっとした様子で起き上がったリーセリアは、かぷかぷ耳たぶを噛《か》んでくる。

「セ、セリアさん、痛いですよ……」

「あ、ご、ごめんね！」

と、あわてて唇を離す彼女。

「どうしたんですか、セリアさんらしくもない。はしたないですよ」

「……～、は、はしたない娘でごめんなさい」

じんじんと痛む耳たぶをさすりつつ、眷属《けんぞく》の少女をたしなめると、リーセリアは恥ずかしそうに、しょぼんと肩を落とした。

「急性の魔力欠乏よ。吸わせてあげなさい」

と、ヴェイラが言う。

「……ヴェイラよ、彼女になにをした」

リーセリアを抱き起こしつつ、抗議の声を上げるレオニス。

「修行につきあってあげただけよ。この娘《こ》、なかなか見どころがあるわね」

「あ、ありがとうございます、ドラゴンっ！」

リーセリアが急に起き上がって、ぴしっと背筋を伸ばした。

「ド、ドラゴン？」

レオニスは眉をひそめた。

「さすがにレオの眷属だけあって、潜在的な魔力はかなりのものがあるわ。ただ、〈竜王の血〉を使いこなすには、精神力が足りないわね。この程度でへばっているようじゃ、あたしの血に魔力を全部吸われて、そのまま灰になってしまうわよ」

「ドラゴンっ！」

リーセリアが真面目《まじめ》な顔で敬礼する。

「あの、セリアさん、その返事は一体……」

「太古の竜の魂を宿して、奥義ファイナルドラゴンアタックを習得するには、普段から言葉にドラゴンをつけるのよって師匠が……ドラゴンっ！」

「……〜っ、ヴェイラよ、眷属に変なことを教えるな！」

レオニスが声を上げると、ヴェイラはくすっと悪戯《いたずら》っぽく微笑《ほほえ》んで、

「だってその娘《こ》、あまりに真面目《まじめ》だから、面白くなっちゃって」

ぺろっと舌をだしてみせる。

「え？　冗談……？　ええ？」

蒼氷《アイス・ブルー》の眼《め》を見開いて、戸惑うリーセリア。

「……セリアさん、生真面目にもほどがあります」

レオニスは嘆息した。

この眷属《けんぞく》の少女は、優しくて、生真面目で、意外とぽんこつなのだ。

……まあ、それが彼女の美徳でもあるのだが。

「――レオニスよ」

と、今度は吹き抜けの二階から声が降ってくる。

見上げると、湯上がり姿の〈海王〉が手すりごしに見下ろしていた。

「なんですか？」

「水の精霊と戯れていたら、部屋のシャワーが壊れてしまったのだが」

「……～っ！」

頭を抱えるレオニスをよそに――

「みなさん、夕食ですよー♪」

レギーナの朗らかな声が、キッチンから聞こえてきた。

◆

リビングのテーブルに、レギーナの手料理が並んだ。

養殖プラントで採れた魚介たっぷりのパエリアに、温野菜のサラダ。チキンのミニステーキ、甘いポテトのバター焼き。オニオングラタンのスープ。パンにのせた溶けるチーズは、ほどよく焦げ目がついて、香ばしい匂いを漂わせている。

「ああ、やっぱりレギーナの手料理は最高ね」

リーセリアが嬉《うれ》しそうに顔をほころばせた。なにしろ、虚無世界での食事は、多少アレンジを加えたとはいえ、味気ない軍用のレーションだけだったのだ。

ひさびさの寮での食事、それも運動の後とあっては、感動はひとしおだろう。

「このスープ、フィーネ先輩の好きだった……」

オニオングラタンのスープのカップを手に取って、リーセリアが呟《つぶや》く。

「はい。フィーネ先輩が、スープの匂いでここに戻ってきてくれたらって」

「……うん、そうね」

目を閉じて、スープをそっと啜《すす》るリーセリア。

「このお肉、すっっっごくおいしいわね！」

「パエリアという料理は初めて食したが、とても美味だな」

ヴェイラとリヴァイズも、レギーナの手料理がお気に召したようだ。

〈海王〉が海産物を喜んで食べるのは一見、意外に思えるが、彼女の半身である最強生物〈リヴァイアサン〉は巨大魚を大量に捕食するし、一〇〇〇年前は、深海に住む半魚人族も、魚介類を〈海王〉への供物《くもつ》として捧《ささ》げていたという。

(……〈獣王〉も獣の肉を食らうしな)

と、そんなことを思いつつ、パエリアを食べるレオニス。

香りの良いサフランライスに魚介のだしが染みて、なんともうまい。

「エビ娘よ、汝《なんじ》を気に入ったぞ。なにか褒美をとらせよう」

「ほんとですか？　それじゃあ、少年をお嫁さんにください」

「うむ、よかろう」

気軽に頷《うなず》くリヴァイズ。

「レギーナさん、なにを言ってるんですか！」

「そうよ、レオはあたしのものなんだから。勝手なこと言わないで」

「あ、そうなんです？」

「レ、レオ君の保護者はわたしだもん！」

リーセリアがむっと頬《ほお》を膨らませる。

(……まったく)

やれやれと嘆息しつつ、レオニスがチキンのステーキに手を伸ばすと、くいくいっと、テーブルの下でズボンの裾を引かれる。

視線を下に向けると、シャーリの手が影の中から伸びていた。

『魔王様、わたしも食べたいです』

『……わかった。そのまま待っていろ』

レオニスは念話を返すと、パエリアをのせた小皿をすっと影の中に沈めた。

『魔王様、恐れながら、チキンもお願いします』

『……遠慮がないな。バレないようにとるのは結構難しいんだぞ』

レオニスは渋面を作りつつも、今回、〈獣王〉の出現に一人で対処したシャーリの働きに免じて、チキンとサラダの皿も沈めてやる。

『あ、レンズ豆は結構です、魔王様!』

『だめだ。好きなものばかりでは栄養が偏る』

『……うー、わかりました』

シャーリは不承不承、小皿を受け取ると、また影の中に沈んだ。

「レオ君、食べるの早いわね」

「え?　ええ、レギーナさんの料理が美味《おい》しいので」

「野菜もバランス良く食べなきゃだめよ。ほら、よそってあげる」

「いえ、野菜は結構です……」

――と、その時。チリンチリン、と玄関の鐘が鳴った。

「……誰です？　こんな時間に」

レギーナが眉をひそめる。

「レギーナは食べてて。わたしが出るわ」

リーセリアが立ち上がり、玄関へ向かった。

隙ができたことを幸いに、レオニスは野菜の皿をまた影の中に沈めるのだった。

玄関から戻って来たリーセリアは、ひと抱えほどもある大きな箱を二つ抱えていた。

「……よいしょっと」

リビングの床に箱を置き、ふうと息を吐く。

「お嬢様、なんですか、それ？」

「……さあ。学院の配達サービスの人が、お届け物ですって」

「こんな大きい荷物、頼んでませんけど……あ、ひょっとして咲耶《さくや》のでしょうか。この前ショッピングサイトで石臼を探してましたし」

「どうして石臼を……？」

「急に本格的なお餅が食べたくなったそうです。とりあえず、開けてみましょう」

「そ、そうね……」

リーセリアがカッターで箱を開ける。

と、箱の中から現れたのは――

「――おはようございます、マスター」

「ふああっ、ライテちゃん!?」

両手で膝を抱えてうずくまる、〈機神〉だった。

「……び、びっくりしたぁ」

目を見開いたリーセリアが心臓を押さえる。

普段は止まっている心臓が、驚きで跳ね上がったようだ。

「クロヴィアさんが送ってくれたのね」

「なにも宅配サービスで送らなくても……」

呟《つぶや》いて、レギーナは仕様書と書かれた紙を取り出した。

「お嬢様、これ、最新の義肢ですね。それに、各種アタッチメントも付属してます。ええっと、右腕に換装する熱閃《ねっせん》ブレード、対〈ヴォイド〉用の小型機関銃、ミサイルポッド、バーナーにミキサー、ブラシ、なんと掃除機まで付いてますよ！」

換装用のアタッチメントは、もうひとつの箱にひとまとめにされていた。

「これは便利そうですねー」

「そ、そうかしら……」

困惑顔のリーセリア。

「なになに、面白そうね」

と、後ろからヴェイラが興味津々《しんしん》に覗《のぞ》き込んでくる。

「……なに、この娘《こ》？　人形？」

「――ああ、この時代の魔導人形《マギア・ドロイド》だ」

〈機神〉であることがバレるといろいろ面倒なので、レオニスは誤魔化《ごまか》した。

幸い、〈魔王〉の中でも、シュベルトライテのこの姿を知る者はいない。

「ふうん、魔導人形もずいぶん進化してるのね」

すぐに興味を失ったヴェイラは、またテーブルの料理に手をつけはじめた。

リヴァイズはまだ、レギーナのパエリアに夢中のようだ。

「ライテちゃん、お腹空《なかす》いてない？　一緒に食べる？」

〈機神〉を箱から取り出したリーセリアが、保護ビニールを取りながら訊《たず》ねる。

「では、魔力を補給させてください」

シュベルトライテは、壁に設置された魔力補給口《コンセント》を指差したのだった。

◆

……ぴちゃん。天井から落ちてきた水滴が、額にあたって跳ねる。
「……まったく、騒々しいことになったな」
〈魔王〉たちを交えた、賑《にぎ》やかな夕食の後。
レオニスはたっぷり湯を張った浴槽に身を浸しつつ、嘆息した。
ちゃんとした風呂に入るのは、何日ぶりだろうか。
入浴剤の入った湯に顔を沈め、ぶくぶくと泡をたてる。
——考えなければならないことが、いろいろある。
復活した、もう一人の〈不死者の魔王〉。
そして、虚無の裂け目に姿を消した、エルフィーネのこと——
……エルフィーネはリーセリアと違い、レオニスの眷属《けんぞく》ではない。
ただの人間の少女を救う義理などないはずだ。
「……」
レオニスは天井を見上げたまま目をつむり、じっと考え込む。
数十秒ほど考えたところで、
(……そうだ。彼女の〈聖剣〉の能力は〈魔王軍〉にとって有用だ)
思いつく。

〈天眼の宝珠《アイ・オヴ・ザ・ウイッチ》〉の探査能力は、ロゼリアの転生体を探すのに役立つはずだ。救い出した後で、彼女を〈魔王軍〉に取り込めばいい。

（……うむ、そうだな。エルフィーネはいずれ俺の配下になる人材だ。ゆえに、〈魔王〉の所有物を奪い去った連中は、まさしく万死に値しよう）

そう理屈付けて、ひとり頷《うなず》く。

（それに――）

〈魔剣計画《D.project》〉を主導しているフィレット社と、〈六英雄〉や〈魔王〉を復活させようと目《も》論《ろ》む旧魔王軍の連中は、間違いなく裏で通じている。

エルフィーネを追えば、あの連中にもたどり着くだろう。

そして――

（我が〈魔剣〉を奪った、もう一人の〈不死者の魔王〉にも、な……）

湯船の中で拳を握りしめ、ふと、バスルームの小窓に視線を向ける。

夜空に瞬《またた》く星の座は、一〇〇〇年前とはまるで変わっている。

七〇〇年前に、時空を隔てて分裂した、異なる世界。

赤く輝く不吉の星――〈凶星〉は、もう消えている。

あれは、二つの世界の位相が接近したときに現れる影のようなもの。

と、ヴェイラは〈凶星〉のことを、そう説明していた。

（……どうりで、消えたり現れたりするはずだ）
ふと、脳裏にロゼリアの遺《のこ》した言葉が甦《よみがえ》る。
——一〇〇〇年の後、天の星堕《お》ちるとき、人の子に女神の魂を宿す者が現れる。
天の星とは、あの〈凶星〉のことなのだろうか。
だとすると、天の星が堕ちるとは——
虚無の世界が、再びこの世界に重なるということなのか……？
「……」
レオニスは、自身の左腕に目を落とした。
〈女神〉の祭壇の放った瘴気《しょうき》に触れ、〈聖剣〉を封印された左腕。
〈魔王城〉での話し合いのとき、敢《あ》えて口にしなかったことがある。
……いや、無意識に考えないようにしていたのだろう。
虚無の世界で聞こえた、彼女の声。
——ああ、やっと。約束を果たしにきてくれたんだね、レオニス。
〈ヴォイド〉と化した精霊王を倒したとき、たしかに、彼女の声が聞こえた。
（もし、彼女の魂が、虚無世界に転生したとするなら……）

ロゼリア・イシュタリスは、すでに虚無に蝕《むしば》まれて――

（だとすれば、俺は……）

――約束して。遠い未来に、わたしが違うなにかになってしまったら、

――その〈魔剣〉で、わたしを殺して欲しい。

封印されていた、過去の約束。

彼女は、世界が虚無に侵蝕《しんしょく》され、分裂することを知っていたのだろうか？

（あるいは、〈不死者の魔王〉の魂が、二つに分かれることも……）

〈機神〉はロゼリアに、ログナス王国の遺跡の守護を命じられていた。

超古代の魔導兵器である〈機神〉と、その眷属《けんぞく》である〈機骸兵〉は、虚無世界にありながら、虚無の侵蝕を受けず、〈ヴォイド〉化することはなかった。

おそらく、元が生命体でない存在は〈ヴォイド〉にはならないのだろう。

ゆえに、遺跡の地下に眠る〈不死者の魔王〉の封印は守られ続けていた。

しかし、皮肉にも、〈ヴォイド〉ではなく、人類の生み出した〈人造精霊《アーティフィシャル・エレメンタル》〉によって、〈機神〉はその支配を奪われ、封印は解かれてしまった。

（破損した〈機神〉の記憶が修復されれば、ロゼリアのことも何かわかるだろうか）

……ぱしゃん。

と、レオニスは顔にお湯をかける。

(……少し、のぼせてしまったか)

ままならない、少年の肉体が厭《いと》わしい。

アンデッドの身体《からだ》であれば、幾日でも思考が続けられるというのに。

そろそろ上がるか——と、立ち上がりかけた、その時。

バスルームの半透明の扉の向こうに、動くシルエットがあった。

「……っ⁉」

思わず、浴槽の中で足を滑らせる。

と、次の瞬間。

「——レオ君、入るわね」

扉が開いて、バスタオル姿のリーセリアが入ってきた。

「セ、セリアさん⁉」

声を上げ、あわてて目を逸《そ》らすレオニス。

リーセリアはとくに気にした風もなく椅子に座ると、シャワーの栓をひねった。

白い湯気がたちこめ、視界が曇る。

「ちゃんとしたお風呂に入るの、何日ぶりかしら……」

髪を濡《ぬ》らし、シャンプーを泡立てながら、話しかけてくるリーセリア。

十歳はすでに年頃の少年だというのに、まるで気にしていない。

……それはまあ、いつものことではあるのだが。

「レオ君とお風呂入るのも、ひさしぶりね」

と、レオニスのほうを向き、微笑《ほほえ》みかけてくる。

「あ、あの、僕はもう、出ますので……」

「……あ、そ、そうなんだ」

レオニスが言うと、リーセリアは少し残念そうに呟《つぶや》いた。

……そこでふと、気付く。

(ああ、吸血か……)

彼女はヴェイラの特訓で、かなり魔力を消耗している。

いつもは寝る前などに吸血するのだが、今日は少し早く補給したくなったのだろう。

(……眷属《けんぞく》に不満を感じさせるのは、魔王の沽券《こけん》にかかわるな)

立ち上がりかけたレオニスは、ゆっくりと湯船に浸《つ》かりなおした。

「やっぱり、もう少し、温まることにします……」

「そ、そう？」

髪を洗いながら、ほんの少しだけ、嬉《うれ》しそうに声をはずませるリーセリア。

「そういえば、ヴェイラたちは？」

「今はレギーナとボードゲームで遊んでるわ。泊まる部屋は、〈聖灯祭〉のときに物置にしてた空き部屋があるから大丈夫よ」

「こ、ここに泊まるんですか……」

レオニスの顔が引き攣《つ》った。

「ええ、〈セントラル・ガーデン〉のホテルはいま、負傷者の収容施設になってるから、宿泊のためにとることができなくて……」

「……そうですか」

レオニスは嘆息した。

子供の身体《からだ》のせいで、夜九時をまわると眠くなるレオニスと違い、二人の魔王はとくに睡眠をとる必要はないはずなのだが。

（まあ、ただの興味本位なのだろうが……）

……世界を破滅させる〈魔王〉が四人もいる寮など、前代未聞である。

連日入り浸られては困るので、〈魔王城〉の客室を開放したほうがよさそうだ。

「失礼するわね」

と、身体を流し終わったリーセリアが湯船に入ってくる。

白銀の髪が裸身にはりついて、なんとも艶《なま》めかしい。

ゆっくりとレオニスの後ろに座ると、溢《あふ》れたお湯が洗い場に流れ出した。

「……」

「……レオ君、いい？」

レオニスの身体《からだ》に両腕をまわし、背中にぴとっと身体をつけてくる。

「どうぞ」

内心の動揺を悟られぬよう、平然と頷《うなず》いて——

彼女が吸血しやすいように、首をわずかに傾けた。

「んっ……ぁ、む……」

レオニスの身体をぎゅっと抱きしめ、かぷっと首筋を噛《か》む。

「……っ！」

少しの痛みと、そのあとにくる甘い疼痛《とうつう》に、思わず声をあげてしまう。

「はむ、はむ……」

「セリアさん、み、耳はくすぐったいですよ……」

湯船の中で身をよじるレオニス。

水面が揺れ、ちゃぷんちゃぷんと水音が立つ。

最近は吸われる血の量がどんどん多くなっている。

眷属《けんぞく》の吸血鬼としての力が上がっているのだろう。

眷属の成長は喜ばしいものの、このままでは――

（ちょっと、まずいかもしれませんね……）

魔力容量こそほぼ無尽蔵レオニスだが、血の量はあくまで十歳の子供のものなのだ。

このままリーセリアが成長を続ければ、いつか干からびてしまうかもしれない。

「ふふっ、レオ君、耳たぶ噛まれるの好きなの、知ってるよ？」

「……っ!?」

リーセリアは耳もとでくすっと微笑《ほほえ》むと、ふーっと息を吹きかけてくる。

（……け、眷属にからかわれている！）

……〈魔王〉の威厳のピンチである。

「す、好きじゃありません！」

レオニスは女の子のような声をあげそうになるのを、必死に堪《こら》えるのだった。

……――風呂のお湯が少し冷めてきた頃。

「……落ち着きましたか、セリアさん」

「う、うん……ありがとう、レオ君」

ようやく、彼女の吸血衝動は収まったようだ。

急に恥じらいの気持ちが戻ってきたのか、頬《ほお》がほのかに赤い。

「ご、ごめんね、痛くなかった？」

「ええ、平気です。ただちょっと、貧血気味に……」

「だ、大丈夫？」

ふらっとするレオニスを、リーセリアはあわてて抱きとめた。

「……」

後頭部に感じる柔らかな感触に、ドギマギしていると――

水面に映る、透き通った蒼氷《アイス・ブルー》の瞳と眼《め》が合った。

瞳がわずかに揺れている。

彼女がいま、なにを思っているのか、すぐにわかった。

「……フィーネ先輩のこと、考えてますか？」

「うん」

こくっと短く頷《うなず》く。

「さっきの夕食の時も、ずっと考えてた。先輩、ご飯食べてるかな、ちゃんと眠れてるかな、寒くないかな……寂しくないかな、って」

吐き出すように言って、彼女はレオニスの手を強く握った。

「セリアさん……」

エルフィーネを救うことができなかった後悔。

そして、いま何もできないことへの焦りが、彼女を苛《さいな》んでいるのだろう。

それは、レオニスが一〇〇〇年前に味わったのと同じ気持ちだ。

ロゼリアを救うことができなかった、あのときの――

レオニスは何かかけるべき言葉を探そうとして、口をつぐむ。

……慰めの言葉を口にしたところで、意味はない。

かわりに、彼女の手を強く握りかえした。

「なにか、手がかりがあればいいんですが……」

「クロヴィアさんが、〈アストラル・ガーデン〉に残されたフィーネ先輩の痕跡をたどって、居場所を探ろうとしているみたいだけど……」

「……」

おそらく、それは実を結ばないだろう。

〈魔剣計画《D.project》〉の背後には、ネファケス・レイザードをはじめとする、〈ヴォイド〉と化した旧魔王軍の連中が関わっている。

（優秀な姉のようだが、やはり、人間の力の調査能力では限度がある……）

ふと、レオニスの脳裏にひっかかるものがあった。

「〈アストラル・ガーデン〉？」

「ええ、フィーネ先輩は、フィレット社の〈アストラル・ガーデン〉に侵入して、〈魔剣計画〉を探ろうとしていたわ。だから、なにか手がかりがあるかもって――」

「フィーネ先輩は、〈アストラル・ガーデン〉に潜るとき、いつも猫の〈人造精霊《アーティフィシャル・エレメンタル》〉を一緒に連れていましたよね」

「……ええっと、〈ケット・シー〉ね」

「そう、それです」

エルフィーネが自身の手で作り出した、オリジナルの〈人造精霊〉。以前、レオニスがフィレット傘下のカジノに潜入したときも、あの黒猫を連れていった。

「〈ケット・シー〉は、いまどこにいるんですか？」

「え？」

「もし、先輩が捕まったとき、端末の中にいたんだとしたら――」

「先輩が、手がかりを残して逃がした可能性がある？」

ハッと眼《め》を見開くリーセリアに、レオニスはこくっと頷《うなず》いた。

◆

「ライテちゃん、ライテちゃん、起きて！」

二人は急いでリビングに降りると、壁にもたれて眠るシュベルトライテを起こした。

頭に生えた角のような部位が明滅し、シュベルトライテが目を開く。

「ママー……？」

「ママ？」

と、眉をひそめるレオニス。

リーセリアはシュベルトライテの前に屈《かが》み込むと、

「ライテちゃん、お願いがあるの」

真剣な表情で言う。

「……？」

「あの研究所の中央管制システムに、もう一度接続することはできる？」

シュベルトライテの角が、応答するように明滅し、

「――当該施設のシステムはすでに突破しています。ネットワークに接続後、四十二秒以内に施設全体を掌握可能です」

と、無表情に返答した。

「〈アストラル・ガーデン〉経由で、接続できるみたい」

「学院の端末で接続するんですか？」

「学院の端末を使うには申請が必要になるわ。それに、使った証拠が残っちゃう。たしか、フィーネ先輩の部屋に、〈アストラル・ガーデン〉に接続するための専用の端末があったはずよ。それを使いましょう」

──エルフィーネの部屋には、わずかに埃《ほこり》が積もっていた。

〈帝都〉周辺に虚無の裂け目が現れて以降、彼女は軍の〈情報部〉に詰めており、この寮には帰っていなかったようだ。

レオニスがこの部屋に足を踏み入れるのも、かなりひさしぶりだ。〈聖剣学院〉に編入した初日に、この部屋でデータの登録をしてもらったのを覚えている。

ケーブルに繋《つな》がった大量の端末は、エルフィーネのコレクションだ。

「さすが端末マニア」

「個人のコレクションとは思えないわね」

部屋の中に足を踏み出すと、複数のモニターの設置されたテーブルに近付く。

エルフィーネのカスタマイズした、大型の解析装置だ。

「……これに接続できる？」

「可能です」

シュベルトライテの紺碧《こんぺき》の髪が、淡く光を放った。

端末との接続を試みているのだろう。

「セリアさん、〈ケット・シー〉がいるというのは、あくまで推測です。……というか、可能性があるというだけで、期待はしないほうがいいかもしれません。もしかしたら、もう鹵獲《ろかく》されてるかもしれませんし」

「うん、わかってる。けど、少しでも可能性があるなら……」

「――同期、完了しました」

シュベルトライテが、端末のスピーカーから声を発した。

「ライテちゃん、すごい……」

「〈戦闘車両《バトル・ヴィークル》〉とも簡単に融合しましたからね」

自爆したことによって、本来の戦闘能力はほとんど失われているものの、魔導機器への支配力は、さすが〈魔王〉の一柱だ。

「当該施設の掌握は継続中。防壁システムを完全無効化しました」

「ライテちゃん、ネットワークの中にいる猫を探してほしいの」

と、リーセリアが言う。

「猫？」

「ええ、猫よ。にゃー」

「ニャー？」

「にゃー」

「……セリアさん、なにをしてるんですか」

可愛《かわい》く猫の真似《まね》をしてみせるリーセリアに、ジト目でつっこむレオニス。

リーセリアはこほんと咳払《せきばら》いして、

「……えぇっと、猫の姿をした〈人造精霊《アーティフィシャル・エレメンタル》〉よ」

「了解。ただし、ネットワーク内の〈人造精霊〉は数が非常に多く、特定は困難」

「ううん、そうね。もしかしたら、フィレットの〈人造精霊〉に見つからないように、姿を隠しているかもしれないし……」

彼女は少し考えて、やがて顔を上げる。

「レオ君、わたしたちも〈アストラル・ガーデン〉に入って、猫ちゃんを探しましょう」

「大丈夫なんですか?」

「見つかるリスクはあるけど、もしフィーネ先輩が手がかりを残しているんだとしたら、〈ケット・シー〉はわたしたちの前にしか、姿を現さないと思うの」

「それはまあ、そうかもしれませんね……」

と、レオニスも納得する。

エルフィーネの部屋の中を探すと、すぐに〈アストラル・ガーデン〉に接続するためのヘッドセットが見つかった。

「子供用じゃないから、レオ君にはちょっと重いかも……」

ベッドに座り、リーセリアにヘッドセットを装着してもらう。

……たしかに、首が重い。このままの姿勢を長時間維持するのは辛《つら》そうだ。

「頭、膝にのせてていいよ」

リーセリアがレオニスの肩を掴《つか》んで、頭を膝枕にのせた。

「セ、セリアさん!?」

あわてて声をあげるが、そのまま姿勢を固定されてしまう。

ヘッドセットごしに、柔らかいふとももの感触を感じて、ドキドキするレオニス。

「それじゃ、行きましょう、レオ君」

リーセリアがヘッドセットのスイッチを押した。

◆

——視界が暗転した、次の瞬間。

無数のグリッドに囲まれた、〈アストラル・ガーデン〉の空間がそこにあった。

(慣れないものだな、この感覚は……)

眉をひそめつつ、見下ろした自身の姿は、モフモフのアライグマだ。

普段、〈聖剣学院〉の講習で使用しているアバターである。

講習初日にレギーナに設定され、そのままになっているのだ。

「レオ君、かわいい♪」

と、頭上からの声に振り向くと、リーセリアが浮遊するキューブの上に座っていた。

彼女のアバターは、透明な四枚の羽の生えた美しい妖精だ。

「ここが、フィレットの〈庭〉ですか」

レオニスは立ち上がってあたりを見回した。

グリッドに囲まれた仮想世界に、何千、何万ものキューブが浮遊している。

このキューブのひとつひとつが、圧縮された情報体なのだ。

「ここから、フィーネ先輩の猫を探すのはなかなか大変そうですね」

時間をかけすぎれば、発見されるリスクも高くなるだろう。

〈警備の〈人造精霊《アーティフィシャル・エレメンタル》〉が巡回しています、気を付けてください〉

と、頭の中にシュベルトライテの声が響いた。

「わかったわ。レオ君、行きましょう」

リーセリアがレオニスの腕をとり、すーっと飛び立った。

……――。

「猫さーん？　どこー？」

リーセリアは小声で声をかけながら、キューブの隙間を飛び回る。

……体感時間で、三〇分ほどは経過しただろうか。

「猫さーん？」

ぱんぱんっ、と手を叩《たた》いて猫を呼ぶリーセリア。

「セリアさん、本物の猫じゃないんですから……」

レオニスが呟《つぶや》いた、その時。

〈──マスター、敵性反応です〉

シュベルトライテが警告の声を発した。

複数のキューブが破裂し、鳥のような姿をした〈人造精霊〉に変形する。

「……ふわあっ!?」

襲い来る鳥の群れが、リーセリアの透明な羽をくちばしで攻撃した。

斬り裂かれた羽は、光の粒子となって消滅する。

「──セリアさん！」

レオニスはキューブの上に颯爽《さつそう》と飛び乗ると、アライグマの手を突き出した。

「──灰になるがいい、第三階梯《かいてい》魔術〈獄炎砲《ヴラスガ》〉！」

しかし、魔術は発動しなかった。

……仮想空間なので当然だ。

ギャアギャアとわめく鳥たちに、モフモフの頭やしっぽをつつかれる。

(お、おのれ……！)

両手をぶんぶん振り回し、鳥をはたき落とそうとするレオニス。

「なにしてるのレオ君、逃げるわよ！」

リーセリアがレオニスの身体《からだ》を抱きかかえ、飛翔《ひしょう》した。

(お、おのれ、〈魔王〉が敵を前に逃亡するとは……!)

……とはいえ、この空間ではどうすることもできない。

当然、リーセリアの〈聖剣〉も使うことはできないようだ。

まあ、ここでアバターが消滅したところで、べつに痛くも痒《かゆ》くもないのだが、アバターの残骸《ざんがい》から、侵入者が〈聖剣学院〉の学生であることがバレてしまうかもしれない。

〈――マスター、援護します〉

と、シュベルトライテの声が聞こえた。

同時、虚空《こくう》に輝く光球が生まれ、放射状の閃光《せんこう》を放つ。

閃光は襲い来る鳥型〈人造精霊《アーティフィシャル・エレメンタル》〉の群れを、一瞬で消滅させた。

「ライテちゃん、すごい!」

感嘆の声を上げるリーセリアだが、
途端、〈庭〉全体に激しい警報音が鳴り響く。

浮遊するキューブがどんどん破裂し、また鳥型の〈人造精霊〉が現れた。

「いまので警戒レベルを上げてしまったみたいですね……」

「さすがに、一度、撤退したほうがいいかしら?」

「……そうですね」

キューブの上をぴょんぴょん跳びながら、頷《うなず》くレオニス。

ギャアギャアと鳴く鳥の群れは、どんどん数を増しているようだ。

——と、その時だ。

どこからか、ニャー……と、かすかな鳴き声が聞こえた。

「……!?」

リーセリアとレオニスは、顔を見合わせる。

「ライテちゃん、付近に鳥じゃない〈人造精霊〉の反応は？」

〈——捕捉しました。抜け道を作ります〉

宙に浮かぶ光球が閃光を放った。

斜めに引き裂かれたグリッドの壁に、真っ暗な裂け目が現れる。

〈——マスター、ここは任せて、中に飛び込んでください〉

「わかったわ、レオ君——」

「ほ、本当に大丈夫なんですか？　うわっ！」

リーセリアはレオニスを抱えて、裂け目に飛び込んだ。

飛び込んだ先は……——

真っ暗な空間だった。

静寂に満ちた、グリッドの壁もキューブも存在しない、無の空間。

「フィレットの〈庭〉から完全に隔離された、エアポケットのようね……」

リーセリアが妖精の羽を羽ばたかせ、鱗粉《りんぷん》で明かりをつける。

——と。

真っ暗な闇の中に、一匹の黒猫の姿が浮かび上がった。

「……先輩の〈ケット・シー〉だわ！」

リーセリアの声が無の空間に響く。

間違いない。エルフィーネの相棒の〈人造精霊《アーティフィシャル・エレメンタル》〉だ。

「派手に警報を鳴らしたのが、かえって正解だったようですね」

「ええ、ライテちゃんお手柄ね」

リーセリアは黒猫の前に屈《かが》み込み、首の下をよしよしと撫《な》でる。

「なにか、エルフィーネ先輩の手がかりはありそうですか？」

「そ、そうね、ええっと……あ！」

と、リーセリアは何かに気付いた様子で声をあげる。

猫の首輪に、小さなダイヤル鍵がくくり付けられている。

「パスワードでしょうか？」

「そうみたいね」


「ここは……？」

〈ケット・シー〉が、フィレットに鹵獲《ろかく》されたときのための用心だろう。

「なんでしょうか？　先輩の誕生日……は、さすがに違いますよね」

まあ、誕生日はないにしても、仲間にはすぐに分かるキーのはずだ。

「……一〇二四」

ぽつり、とリーセリアは呟《つぶや》いた。

「え？」

「――フィーネ先輩が、第十八小隊に入ってくれた日付よ」

リーセリアが首輪のパスワードを合わせた、その瞬間。

〈ケット・シー〉の姿が、光の粒子となって消滅する。

「……っ!?」

そして、光の粒子はふたたび結集すると――

二人の見知った少女の姿に変化した。

「フィーネ先輩!?」

◆

目の前に姿を現したのは、制服姿のエルフィーネだった。

「……セリア、見つけてくれたのね」

エルフィーネは自然な所作で微笑《ほほえ》むと、リーセリアの手を取った。

「先輩……」

「万が一の可能性を信じて、研究施設の〈庭〉にこの子を逃がしておいたの。でも、本当に来てくれるなんて。もしかして、姉さんの手引きかしらね」

「あの、このアバターは……先輩本人、なんですか？」

リーセリアが訊《たず》ねると――

エルフィーネの姿をしたそれは、ゆっくりと首を振り、

「いいえ。これはあくまで、エルフィーネ・フィレットの人格をトレースした、〈ケット・シー〉の擬態能力。簡単な応答はできるけど、わたし本人ではないわ」

「……そ、そう、なんですか？」

「僕が授業をサボるときに使う、骨人形の分身みたいなものでしょう」

疑問符を浮かべるリーセリアに、レオニスが横から説明する。

「……なるほど。えっと、それじゃあ、本物のフィーネ先輩は……」

「おそらく、本物のわたしは今ごろ、〈第〇四戦術都市《フォース・アサルト・ガーデン》〉に移送されているはずよ」

「……〈第〇四戦術都市〉？」

リーセリアが眉をひそめる。

「ええ、ディンフロード伯爵が統治する、フィレットの本拠地——」

「どうして、先輩が〈第〇四戦術都市〉に……」

彼女が尋ねると、エルフィーネの指先に、眩《まばゆ》い光が生まれた。

「これは……？」

「この光は、わたしが最後に残した記憶。わたしの意志が完全に消えてしまう直前に、あなたたちがここに来ることを信じて、託した遺志——」

エルフィーネは、指先の光をリーセリアの胸もとに灯《とも》した。

「わたしが調べていた、フィレットの〈魔剣計画《D.project》〉の全容。〈魔剣〉を生み出す、〈人造《アーティフィシャ》精霊《ル・エレメンタル》〉の実験。〈人造人間《ホムンクルス》〉の技術を応用した〈魔剣〉の兵士。これらの技術はすべて、ディンフロード伯爵が〈ヴォイド〉の〈使徒〉から供与されたものだった」

「……〈ヴォイド〉が、人類に技術供与を!?　ど、どういうこと？」

「〈ヴォイド〉は、知性のない異形の化け物だけじゃない。〈ヴォイド・ロード〉の中には、人類よりも遙《はる》かに高度な知性と力を持った個体が存在するの。〈使徒《アポストル》〉と名乗るその〈ヴォイド〉たちは、人類社会に紛れ込んで、あるいは、ディンフロードのような人類の中にいる背信者と手を結び、この世界を、虚無の世界に呑《の》み込ませようと画策している——」

「人類が、〈ヴォイド〉と手を組んで!?」

蒼氷《アイス・ブルー》の瞳を大きく見開くリーセリア。

「——信じられないでしょうけど、本当のことよ、セリア」

「……」

高度な知性と力を有した〈ヴォイド・ロード〉

レオニスにはその存在に、心あたりがある。

〈魔王〉復活の裏で暗躍する、ネファケスをはじめした、旧魔王軍の大幹部。

(……連中は〈使徒《アポストル》〉と名乗っているのか)

レオニスは胸中で独りごちる。

その名を言葉通りに取れば——

〈使徒〉とは、上位の存在によって遣わされる配下だ。

(そして、旧魔王軍が崇《あが》める存在は、ただ一人——)

思案するレオニスをよそに、エルフィーネは続ける。

「——ディンフロード伯爵と虚無の〈使徒〉は、〈魔剣計画《D.project》〉の最終段階に取りかかろうとしているわ。彼がわたしを使って、何をするつもりなのかはわからない。けれど、〈第〇四《フォース》戦術都市《アサルト・ガーデン》〉で、なにかおぞましいことを計画しているのは間違いない」

と、彼女はリーセリアの手を取り、微笑《ほほえ》んだ。

「あのね、セリア。最後に、あなたに伝えたいことがあるの。本当は直接伝えたかったけれど、せめて、わたしの姿で……」

「フィーネ、先輩……？」

「わたしの人生は……ずっと、わたし自身のものだと思っていた人生は、生まれたときから、父に仕組まれたものだった。だけどセリア、あなたがくれた第十八小隊での日々は、空っぽの私が生きることのできた、誰にも奪えない、わたしだけの時間だった」

エルフィーネの身体《からだ》が、指先から光の粒子となって消滅しはじめる。

「でも、わたしはもう、消えてしまう。わたしでなくなってしまう。精神が〈魔剣〉の力に呑《の》み込まれて、虚無に蝕《むしば》まれていくのがわかるの。だから、お願い――」

と、消えゆく彼女は口を開く。

「わたしが〈ヴォイド〉になってしまったら、あなたが私を――ろして」

「……っ⁉」

「わたしは虚無になんて、人類の敵になんて、なりたくない――」

「……い……先輩っ、フィーネ先輩っ！」

リーセリアが瞳に涙をにじませ、エルフィーネのアバターを抱きしめる。

けれど、彼女は寂しげな微笑を浮かべたまま――

光の粒子となって、消えてしまった。

「……せん……ぱ、い……」

リーセリアの足もとには、元の黒猫の姿があった。

「セリアさん……」

虚空を抱きしめたままうずくまる彼女に、レオニスは声をかける。

リーセリアは強く唇を噛《か》むと、

「ディンフロード……虚無の〈使徒〉……――〈第〇四戦術都市《フォース・アサルト・ガーデン》〉」

エルフィーネの遺《のこ》した黒猫を抱き上げ、その言葉を反芻《はんすう》するのだった。

◆

（……やれやれ、息をつく間もないとはこのことだね、まったく）

――真夜中。エルミナス宮殿の執務室の椅子で、彼はひとり呟《つぶや》いた。

帝弟アレクシオス・レイ・オルティリーゼ。

端整なその顔立ちはしかし、連日の疲労でやつれはて、見る影もない。

複数の〈ヴォイド・ロード〉による、〈ヴォイド〉の大侵攻。

強力な〈聖剣〉に目覚めなかった彼も、その情報解析の手腕を買われ、否応《いやおう》なしに戦線の指揮をとることになった。

〈ヴォイド・ロード〉の消滅により、〈大狂騒《スタンピード》〉は止まったが、〈帝都〉の被った被害は甚《じん》大《だい》であり、今もその膨大な後処理に追われているのだった。

アレクシオスは、ぐったりと執務机に突っ伏した。

と、視線の先、机の上に置かれた禍々《まがまが》しい像が目に入る。

骨を組み合わせた、おぞましき〈魔王〉の像だ。

その趣味の悪さに、執務室を訪れた部下はみな眉をひそめるが、これを捨てると、あの恐ろしいメイドに殺されてしまうので、ここに飾っておくしかない。

（……〈大狂騒〉を止めたのは、奴《やつ》なのだろうな）

魔王の像を掴《つか》んで、苦々しげに呟く。

〈セントラル・ガーデン〉の戦闘を記録した映像には、超大型〈ヴォイド・ロード〉と戦う、巨大なドラゴンの姿が収められていた。

また海域では、海魔型〈ヴォイド〉の軍勢が、突如、大渦に呑《の》まれて消滅するという、不可解な出来事があったが、その際、戦闘艦〈ハイペリオン〉の甲板に、世にも美しい妖精の姿を見たとの報告があった。

彼の姪《めい》にあたるアルティリア王女も、その目撃者の一人である。

……報告を聞いたとき、彼はすぐに思いあたった。

間違いなく、〈魔王〉ゾール・ヴァディスの仕業だ。

（……まあ、人類が救われたことを、感謝すべきではあるんだろうな）

とはいえ、アレクシオスの胃は傷むばかりだ。

あんなに派手に立ち回られては、配下に優秀な諜報《ちょうほう》機関を持つアレクシオスの力をもってしても、〈魔王〉の存在を隠蔽することは不可能だ。

もし〈魔王〉の存在が露見すれば、そして、人類の生存のためとはいえ、そんなものに彼が裏で協力していることを知られれば、間違いなく身の破滅である。

（エドワルド公爵、あなたの計画は、本当に人類の救いになるのでしょうか……）

と、〈魔王計画〉の立案者にして、彼の友人であった男に恨み節を向ける。

しかし、その友人は、六年前にすでに亡くなっているのだった。

――と、その時。執務机の通信端末がけたたましく鳴り響いた。

軍の緊急回線だ。

「……どうした？」

アレクシオスは司令官の顔に戻ると、落ち着いて端末に話しかける。

「殿下、〈第〇四戦術都市《フォース・アサルト・ガーデン》〉から、救援要請の緊急信号がありました」

「〈第〇四戦術都市〉だと……？」

◆

「──ふむ、まだ完全な同化には早いようだね」

静寂の空間に、〈人類教会〉の聖服を纏《まと》った、青年司祭の声が響く。

〈第〇四戦術都市〉──フィレット伯爵家本邸。

広間の奥に据えられた椅子には、虚《うつ》ろな眼《め》をした黒髪の少女が腰掛けていた。

虚無の玉座に君臨する、〈魔剣〉の女王。

〈虚無の根源《トラペゾヘドロン》〉──〈女神〉の欠片《かけら》を埋め込まれた、フィレットの人造人間《ホムンクルス》。

「ディンフロードはよくやってくれた。偽物だが、仮の器としては十分機能する」

司祭が少女の艶《つや》やかな黒髪に触れるが、彼女はなんの反応も示さない。

「君には、多少親近感を覚えることもあるんだよ。あるいは、同族嫌悪かな」

かまわずに、彼は言葉を続ける。

「じつは僕も、君と同じ器として生み出された人造人間でね。僕の前のご主人様──〈六英雄〉なんて呼ばれた偉大な魔導師様は、永遠の命を欲していたんだ。彼は自分の魂を保管するため、僕のような入れ物を、たくさん作っていてね──」

虚ろな眼の少女に、声は届いていない。

それはわかっていた。誰も聞くことのない、一人語りだ。

と──

「人形相手に饒舌《じょうぜつ》だな、ネファケス卿《きょう》──」

音もなく現れたのは、軍服に身を包んだ老人だった。

〈第〇四戦術都市《フォース・アサルト・ガーデン》〉総督――ディンフロード・フィレット伯爵。

人類を裏切り、〈魔剣計画《D.project》〉を主導した背信者。

彼はすでに人の身を捨て、虚無の〈女神〉の〈使徒《アポストル》〉へと進化した。

「炉の用意は整った」

「ええ、あとは贄《にえ》を焼《く》べるだけです」

炉は、彼が十数年の歳月をかけて用意したものだ。

炉の名は、〈第〇四戦術都市〉――〈プロセリアンド〉。

〈魔剣〉を焼べた炉は、その炎で人類の最後の要塞を焼き尽くし――

〈魔剣計画〉の最終段階――二つの世界が融合する、〈虚無転界《ヴォイド・シフト》〉が完成する。

彼の娘は、蒐集《しゅうしゅう》した〈魔剣〉の力を、〈女神〉に存在変換する坩堝だ。

「これで私の悲願が叶《かな》う、ようやく……ようやく、だ……」

「ええ、もうすぐですよ、ディンフロード伯爵」

ここではないどこかを見上げて、ネファケスは嗤《わら》う。

「天の星堕《お》ちるとき、人の子の器に〈女神〉の力を宿す者が現れる――」

そして、〈女神〉の託宣を聖句のように口ずさんだ。

◆

——帝国標準時間二三〇五《フタサンマルゴ》。

それは、〈第〇四戦術都市〉の擁する聖剣士養成機関〈アカデミー〉で始まった。

〈魔剣〉を覚醒させた聖剣士の集団が、〈アカデミー〉を占拠。

〈熾天使《セラフィム》〉の力を使い、学生たちの〈聖剣〉を強制的に〈魔剣〉へと変換した。

人類の守護者たる〈聖剣〉の使い手は〈ヴォイド〉に変貌し、市街に解き放たれた。

〈第〇四戦術都市〉の中央統制局は、ただちに付近に展開する〈第〇五戦術都市《フィフス・アサルト・ガーデン》〉、および〈帝都〉へ救援を要請。同時に市民の避難を開始する。

——帝国標準時間〇一〇五《マルヒトマルゴ》。〈魔力炉〉及び、都市の基幹に組み込まれた〈人造精霊《アーティフィシャル・エレメンタル》〉の六八%が掌握され、〈ヴォイド〉に対して抵抗を続けていた要塞が陥落した。

〈魔力炉〉は一時的に停止した後、再起動。暗礁海域に針路を取って移動を開始する。

〈第〇五戦術都市〉は追跡を試みるも、虚無の暗礁に阻まれ目標をロスト。

八時間後。再び姿を現した〈第〇四戦術都市〉は——

——〈ヴォイド〉の〈巣《ハイヴ》〉に変貌していた。

第五章　魔王と皇帝

Demon's Sword Master of Excalibur School

〈──宿星は揃《そろ》った。そろそろ、目覚めのときだよ、リーセリア〉

……声が聞こえる。玻璃《はり》のように透き通った、少女の声が。

「……？」

目の前に広がるのは、無限に続く荒野の光景だった。

荒野には、無数の武器が打ち捨てられている。

剣や槍《やり》だけではない、見たこともないような奇妙な形の武器もある。

それが、ただの武器でないことはすぐにわかった。

「──これは、まさか、〈聖剣〉……なの？」

あたりを見渡しながら、リーセリアは呟《つぶや》く。

この荒野は、まるで〈聖剣〉の墓場だ。

〈そう、私の意志と人間の魂が呼応して生み出される、〈聖剣〉の雛形《プロトタイプ》だよ〉

「……!?」

うずたかく積み上がった武器の丘の上に、少女の姿があった。

闇色の髪をした美しい少女が、杭《くい》の上で磔《はりつけ》にされていた。

「……フィーネ先輩⁉」

思わず、リーセリアは叫んだ。

――だが、違った。

人間離れした美貌。超越的な雰囲気を備えたその少女の姿には、見覚えがある。

そう、虚無の世界の遺跡で、クリスタルに触れたとき――

（倒れたレオ君に、手を差し出した……）

少女は磔にされたまま、穏やかに微笑《ほほえ》んでいる。

「待ってて、いま助けてあげる！」

少女を救おうと、リーセリアは裸足《はだし》で武器の丘を上がる。

けれどなぜか、いつまでたっても、丘の上に辿《たど》り着くことができない。

〈目を覚まして、リーセリア。もう一人の私が、目覚める前に――〉

駆ける足がもつれ、とうとうその場に倒れ込んだ。

その瞬間、無数の〈聖剣〉で形作られた丘が、音をたてて崩落しはじめる。

「待って、あなたは……あなたは、一体誰なの……？」

少女に向かって手を伸ばしながら、リーセリアは闇の中に落ちていった。

◆

「……きて……起きてください、お嬢様」

「……ん、う……」

優しく肩を揺すられて、リーセリアは目を覚ました。

「あ、レギーナ、おはよう……」

瞼《まぶた》をこすりつつ、目を開けると──

そこにいたのは、メイド服姿のレギーナだ。

「クリスタリアの令嬢が、なんてところで寝てるんですか」

レギーナは両手を腰にあて、おかんむりのポーズである。

「ん……？」

ハッとして、リーセリアは自身の姿を確認する。

彼女は制服姿のまま、机の上に突っ伏すように寝ていたのだった。

鏡を見ると、頬《ほお》に机の角の四角いあとがくっきりついている。

「朝食の用意、できてますよ。起きてください」

レギーナがカーテンを開けると、朝の陽光が射《さ》し込んだ。

「ま、眩《まぶ》しい……カーテン閉めて、灰になっちゃう」

「なに吸血鬼みたいなこと言ってるんです」

レギーナは呆《あき》れたように眉をひそめつつ、

「早く来てくださいね、私は少年を起こしてきます」

「……ん、わかったわ」

レギーナが部屋を出て行くと、リーセリアは椅子の上で背筋を伸ばした。

ひどい姿勢で寝ていたようだが、不死者《アンデッド》なので、とくに身体《からだ》の痛みはない。

目の前の端末は、自動的にスリープモードになっていた。

（わたし、あのまま寝ちゃったんだ……）

昨晩の深夜、エルフィーネの〈ケット・シー〉を回収をした後、リーセリアは自室の端末で〈第〇四戦術都市《フォース・アサルト・ガーデン》〉に関しての情報を調べていた。

その途中、不意の眠気に襲われ、眠ってしまったのだ。

不死者はその気になれば睡眠をとる必要はないのだが、なぜか、急に魔力が尽きたように、寝落ちしたのだった。

（ちゃんとレオ君の血も補給したのに、おかしいわね……）

疑問に思いつつも、まあそんなこともあるかと思い、端末を再起動する。

端末の画面に、寝落ちする前に調べていた情報が表示された。

――〈第〇四戦術都市〉。

ディンフロード・フィレット伯爵が総督を務める、フィレット財団の本拠地だ。

〈人類統合帝国《インペリアル》〉においては、主に各地の海域を移動しつつ、資源の採掘と加工を行う産業都市としての役割を担っている。

聖剣士養成校〈アカデミー〉は、近年の〈聖剣剣舞祭〉ではあまり優秀な成績を残していないが、強力な戦闘補助系統の〈聖剣〉を顕現させる学生が多いようだ。

ディンフロード伯爵は、〈魔剣〉に関わる計画に利用するために、エルフィーネを〈第《フォ》〇四戦術都市《ース・アサルト・ガーデン》〉に移送した——これはあくまで、エルフィーネ自身の推測だが、今のところ彼女の行方に関する手がかりはそれだけだ。

（現在、〈第〇四戦術都市〉は、第二大陸近海に展開中ね……）

戦術都市のフォーメーションは、〈賢人会議〉の厳密な計画のもとに運用されており、それによると、次に〈第〇四戦術都市〉が〈帝都〉に接近するのは、四ヶ月《よんかげつ》後だ。

（そんな悠長な時間は、待っていられないわ……）

リーセリアは親指の爪を噛《か》む。

エルフィーネの掴《つか》んだ〈魔剣計画《D.project》〉の情報を〈管理局〉に渡すのは、リスクが高い。信用してくれるかどうかわからないし、そもそも〈魔剣計画〉に関しては、軍の一部も噛んでいる。だからこそ、エルフィーネは慎重に慎重を重ね、情報を調べていたのだ。

それに、情報を公にすることで、エルフィーネの身柄が安全になるわけではない。むしろ、ディンフロードは、彼女を始末しようと考えるかもしれない。

（……どうすればいいの？）

頭を抱えつつ、端末をシャットダウンする。

「少年、起きないとこうですよ、ロイヤル・ヒップアタック！」

「むぎゃっ！」

と、レオニスの部屋で、悲鳴が聞こえたような気がした。

◆

「……ひどいですよ、レギーナさん」

リビングのテーブルに着席したレオニスは、レギーナをジト目で睨《にら》んだ。

「少年が起きないから悪いんです。わたしもお尻、痛かったですし」

と、レオニスの頭をぐりぐりするレギーナ。

オーブンで焼けるパンの匂いと、挽《ひ》き立てのコーヒー豆の香りが漂ってくる。

「それにしても、珍しいですね。二人揃《そろ》ってお寝坊さんなんて」

「昨日は、夜遅くまで調べ物をしてて……」

「少年、聞いてください。お嬢様ってば、机で寝てたんですよ」

「……え？」

レオニスは訝《いぶか》しげに眉をひそめた。

下級の吸血鬼でもあるまいし、急激な魔力不足で意識を失うことはあるにしても、睡眠不足で寝落ちする、などということはありえない。

「……なにか、調子悪いんですか？」

と、小声で訊《き》く。

「ええ、こんなこと、今まではなかったんだけど……」

リーセリアは小首を傾《かし》げつつ、

「そういえば今朝方、不思議な夢を見たの」

「夢、ですか？」

「うん、わたしは荒野の中にいて、綺麗《きれい》な女の子が……えーっと、あ、あれ？」

彼女は困惑したようにこめかみに指をあてる。

「……忘れちゃったわ。印象的な夢だったはずなのに」

「……はあ」

「ところでお嬢様、夜遅くまで、一体なにを調べていたんです？」

オムライスの皿をテーブルに並べつつ、レギーナが訊《たず》ねる。

「うん、大事な話だから、レギーナも座って」

「……わかりました」

真剣な空気を察したのか、真顔で頷《うなず》くレギーナ。

リーセリアは昨晩、フィレットの〈庭〉に侵入し、エルフィーネの〈ケット・シー〉を発見したことをレギーナに話して聞かせた。

「……お嬢様、また危ない橋を渡ったんですね」

嘆息して、レギーナは肩をすくめる。

「……でも、リスクをとっただけの収穫はあったわ」

リーセリアの取り出した端末の画面に、すやすや眠る黒猫の姿が映し出された。

「それじゃあ、フィーネ先輩は〈第〇四戦術都市《フォース・アサルト・ガーデン》〉にいるんですね？」

「……そうね。確定ではないけど、その可能性は高いと思う」

声をひそめて頷くリーセリア。

「となると、研究施設のときみたいに、強襲するわけにはいきませんね」

「ええ、そう簡単じゃないわ。まず、〈第〇四戦術都市〉に向かう方法を考えないと」

「〈戦術航空機〉の使用許可なんて、討滅任務以外じゃ、出ないでしょうしね」

「とりあえず、クロヴィアさんにも相談してみることにするわ」

「ひとまず、それがよさそうですね」

レギーナが頷いた、その時。

「ふむ、香《かぐわ》しい匂いがするではないか」

「へえ、おいしそうね」

寝間着姿の〈魔王〉二人が、廊下のほうから姿を現した。

「あ、おはようございます。いま朝食の用意をしますね」

立ち上がってキッチンへ向かうレギーナ。

「おはよう、レオ――」

〈竜王〉と〈海王〉は、遠慮なくレオニスの対面に座る。

「……～っ、お前たち、いい加減、海と山に帰れ」

レオニスが小声で文句を言うが、

「あら、本当に帰っていいの？」

余裕たっぷりの表情を浮かべるヴェイラ。

「……なんだと？」

「あたしは、その眷属《けんぞく》の娘に、修行をお願いされているのよ」

ヴェイラがリーセリアのほうへ視線を送ると、

「――お、お願いします」

リーセリアは、まっすぐに頭《こ》を下げた。

「レオと違って、素直でいい娘ね」

「……ぐ」

　ヴェイラの自慢げな顔は無性に腹が立つが、眷属本人の希望とあっては、レオニスが口を挟むわけにはいかない。

〈不死者の魔王〉は、器の小さい〈魔王〉では断じてないのだ。

「朝食のあとで、修行をつけてあげるわ。覚悟することね」

「ありがとうございます、師匠」

「そうか。我は今日こそ、観光してみたかったのだが……」

〈海王〉が少し残念そうに呟《つぶや》く。

「あ、よかったら、わたしが案内しましょうか？」

　レギーナが紅茶を注ぎつつ提案する。

「ほう、エビ娘が？　それは助かるな」

「任せてください、おすすめスポットは誰よりもくわしいですよ」

　親指をたてて請け合うレギーナ。

　近寄りがたい雰囲気の〈海王〉だが、レギーナのことは気に入ったようである。

　――そんなわけで、朝食の後。

　リーセリアとヴェイラはグラウンドへ。

　レギーナとリヴァイズは、商業エリアのレジャー施設へ繰り出した。

　寮にひとり残ったレオニスは、ゆっくり椅子から立ち上がると、

「――さて、俺も動くとするか」

懐から髑髏《どくろ》の仮面を取り出し、影の中に身を沈めた。

◆

リーセリアとヴェイラは、〈聖剣学院〉の訓練グラウンドに到着した。

貸し切りの予約をしていたので、他の学生の姿は見あたらない。

リーセリアは軽くストレッチ運動をすると、ヴェイラの真正面に対峙《たいじ》した。

「――もう一度聞くわ、本当に強くなりたいのね？」

ヴェイラが腰に手をあて、口を開く。

「は、はいっ……あ、ドラゴン！」

「それはもういいわ」

ヴェイラは肩をすくめると、鋭い八重歯で親指を噛《か》んだ。

地面に滴り落ちた血が、じゅっと煙をたてて蒸発する。

「今度は遊びじゃない。半端な覚悟なら、やめることをお勧めするわ」

「……！」

その瞬間、リーセリアの総身が震えた。

彼女の放つ、圧倒的な気配に身がすくみそうになる。

（……こ、これが、本気のヴェイラさん！）

昨日リーセリアの受けた、修行と称した過酷な訓練は、本当に遊びだったのだ。

地面に広がる血が溶岩のように沸騰し、燃え上がった。

「〈竜王の血〉は最強の炎を宿す。支配できなければ、自身の身を焼き尽くすわよ。たとえ不死身の吸血鬼でも、竜の炎に焼かれて無事とは思わないことね」

ヴェイラの黄金色の目が、まっすぐにリーセリアを睨《にら》み据えた。

「本音を言えばね、あたしはあんたのことを結構気に入ってるの。だから、ここで殺してしまうようなことはしたくない」

炎が轟々《ごうごう》と唸《うな》り、竜の姿に変化する。

あたりの温度が一気に上昇する。皮膚がチリチリと焦げ付くような熱量――

「もう一度聞くわ。本当に、強くなりたいのね？」

「――はい」

躊躇《ちゆうちよ》なく、リーセリアは即答する。

「助けたい人がいるんです。今度は、絶対に――」

「――そう。だったら、これ以上の問答は無意味ね」

ヴェイラはふっと微笑を浮かべた。

「じゃあ、はじめるわよ――」

――刹那。

竜の姿をとった紅蓮《ぐれん》の炎が、リーセリアめがけて襲いかかる。

「〈聖剣〉――アクティベート！」

リーセリアの手に〈誓約の魔血剣《ブラッディ・ソード》〉が顕現。

同時に、〈真祖のドレス〉――〈銀麗の天魔《クイーン・ミネルヴァ》〉を展開する。

「……っ、はあああああああああっ！」

〈聖剣〉の生み出した無数の血の刃《やいば》が、〈竜王の血〉と衝突した。

混ざり合った二つの血は、螺旋状《らせんじよう》に絡み合って空へのぼる。

（……っ、だ、め、ヴェイラさんの血が、強すぎる！）

リーセリアは歯を食いしばり、必死に〈聖剣〉を握りしめた。

このままでは、圧倒的な力の奔流に、魔力を食い尽くされてしまう。

「この〈竜王〉の血、支配できるものなら、支配してみなさい」

荒れ狂う炎の向こうで、彼女の声が聞こえた。

「――ものにできなかったら、それまでのこと。暴走した血に喰《く》われてしまう吸血鬼なんて、たくさんいるのよ！」

「……く、う……あ、あああああああああっ！」

魔力を帯びた白銀の髪が、強く輝く。

（……力が欲しい。フィーネ先輩を……取り戻す、ための力がっ――！）

暴れ狂う〈竜王の血〉が、天高く咆哮《ほうこう》した。

◆

〈魔王城〉――〈第〇七戦術都市《セヴンス・アサルト・ガーデン》〉の〈門《ポータル》〉と繋《つな》がれた、広大な地下空間。

〈影の回廊〉を使って玉座の間に出現したレオニスは、髑髏《どくろ》の仮面を装着し、〈魔王〉ゾール・ヴァディスに身を窶《やつ》した。

「シャーリよ」

「はっ、ここに――」

影の中から、すっとシャーリが現れる。

「例のリストはどうなった？」

「こちらにございます」

「うむ」

シャーリが恭しく差し出した巻物を、レオニスはくるくるとほどく。

「魔王様のご命令通り、諜報《ちようほう》能力に優れた者を残すようにしました」

〈獣王〉ガゾスに引き渡す、〈狼魔衆《ろうましゅう》〉のリストである。

リストにひと通り目を通すと、レオニスは満足して頷《うなず》いた。

「ああ、これでいい。ガゾスも納得するだろう」

「かしこまりました。では、そのように手配を」

「ああ、待て――」

と、消えようとするシャーリを呼び止める。

「なにか？」

「ここに、アレクシオスを召喚せよ」

「アレクシオス？　え、ええっと……」

「……皇帝の弟だ」

「あ、あの人間ですね！　かしこまりました――」

シャーリは即答すると、影の中に身を沈めた。


――一分後。


「魔王様、連れてきました」

ふたたびシャーリが現れ、玉座の階段の下に、鞭《むち》で縛られた帝弟を転がした。

彼の表情は恐怖に引きつり、青ざめている。

「シャーリよ、一応、王族だぞ。もう少し丁重に扱ってやれ」

「は、魔王様のご命令とあらば」

影の鞭がしゅるっとほどける。

「い、一体……なにが？　ま、魔王!?」

「――控えなさい、魔王様の御前ですよ」

床に転がされた帝弟を、シャーリが氷のような視線で睨《にら》む。

「も、申し訳ありません、魔王陛下！」

アレクシオスはあわてて起き上がると、玉座の前で臣下の礼を取った。

「よい、面を上げよ、アレクシオス」

「――は」

レオニスが声をかけると、彼はわずかに顔を上げた。

その表情には、激しい疲労の色が見て取れる。

〈大狂騒《スタンピード》〉の対応で、ほとんど睡眠をとっていないのだろう。

……少し、可哀想《かわいそう》なことをしてしまったかもしれない。

「呼び立ててすまなかったな、アレクシオスよ」

「い、いえ、そのような――」

ねぎらいの言葉をかけると、彼は恐縮したように深く頭《こうべ》を垂れた。

「此度《こたび》は魔王陛下に〈ヴォイド〉殲滅《せんめつ》の助力をいただき、おそれながら人類を代表して、感謝を申し上げます」

「ふむ……」

レオニスが〈ヴォイド・ロード〉となった〈龍神《りゅうじん》〉を滅ぼし、〈大狂騒《スタンピード》〉を止めたことは、すでに把握しているようだ。

「――よい。俺の〈王国〉に踏み入った蟲《むし》どもを、始末しただけのことだ」

レオニスは鷹揚《おうよう》に頷《うなず》いて、

「しかし、今回はさすがに派手に動きすぎたかもしれん。人類統合帝国《インペリアル》にも、この我の存在が露見してしまった可能性があるな」

「……ま、魔王陛下の仰《おっしゃ》る通り、私の機関だけでは、隠蔽は困難かと思われます」

額の汗を拭きながら、アレクシオスは返答する。

〈セントラル・ガーデン〉の周辺はブラッカスに封鎖させていたものの、あれだけ派手に暴れたのだ。レオニスの姿を目撃した者はおらずとも、強大な力を持つ何かが〈ヴォイド・ロード〉を殲滅したという事実は隠しきれまい。

「まあ、かまわぬ。そろそろ頃合いでもあることだしな」

髑髏《どくろ》の仮面の下で、レオニスは嗤《わら》った。

「……頃合い、とは？」

わずかに顔を上げたアレクシオスの眼前に、ピシッと鞭《むち》が飛んだ。

「魔王様に質問とは、不遜ですっ！」

「も、申し訳ありません！」

アレクシオスはふたたび平身低頭する。

「――それはそれとして、だ。アレクシオスよ」

レオニスはこほん、と咳払《せきばら》いして口を開く。

「お前を呼び出したのは叱責をするためではない。情報を得たくてな」

「な、なんなりと、魔王陛下」

「うむ、訊《き》きたいのは、〈第〇四戦術都市《フォース・アサルト・ガーデン》〉のことなのだが――」

「……なっ!?」

レオニスが口にした途端、アレクシオスが驚愕《きょうがく》の声を発した。

「す、すでに存じておられましたか……さすがは魔王陛下――」

「……？」

髑髏の仮面の下で、レオニスは疑問符を浮かべた。

（……存じていた？　なんのことだ？）

レオニスとしては、エルフィーネが連れ去られた可能性のある〈第〇四戦術都市〉と、ディンフロード・フィレット伯爵の情報を聞き出したかったのである。

なにか、噛《か》み合っていない気がする。

「じつは私も情報を得たのがほんの数時間前で、帝国上層部も混乱しているのです」

「……ふむ、やはりそうか」

重々しく頷《うなず》いてはみるものの、彼が何を言っているのか、まったくわからない。

しかし、素直にそれを尋ねれば〈魔王〉の威厳は損なわれ、主従の今後の関係に悪い影響を及ぼすかもしれない。

「では、〈第〇四戦術都市《フォース・アサルト・ガーデン》〉の現状はやはり、そういうことなのだな」

「は、機関は全力を挙げて情報を分析している最中ですが、なにが起きているのか、現状把握さえできていない状況です」

「……そうか。そうなのであろうな」

と、現状把握のできていないレオニスは厳格に答える。

「おそれながら、魔王陛下――」

「な、なんだ？」

「〈第〇四戦術都市〉では、一体何が起きているのでしょうか――？」

（……いや知るか！）

胸中で声をあげつつ、レオニスは厳かに告げる。

「まず、お前がどの程度、事態を把握しているのかを知る必要がある。報告せよ」

「は、いえ、その……」

「魔王様のご下問です、早く答えなさい」

「は――」

シャーリに叱責され、アレクシオスはあわてて口を開く。

「ほ、本日未明に、〈第〇四戦術都市〉から、緊急の救援信号が送られてきました」

「……ああ、そうだな」

そうなのか、と胸中で思いつつ頷くレオニス。

「信号を受け取った軍はただちに応答しましたが、すぐに通信は途絶え、〈第〇四戦術都市〉は〈ヴォイド〉の暗礁海域に姿を消しました。付近の海域には〈第〇五戦術都市《フィフス・アサルト・ガーデン》〉が展開していましたが、追跡に失敗。現在もその行方は不明です」

アレクシオスは首を振った。

「そうか。お前達の把握している情報は、その程度か」

「は……」

なるほど、とレオニスは手に入れた情報をもとに、素早く思考をめぐらせる。

（エルフィーネの危惧の通り、か……）

この事態は、決して偶然ではあるまい。彼女は、自分の存在が、なにか恐るべき計画の鍵になるかもしれないと話していた。

〈第〇四戦術都市《フォース・アサルト・ガーデン》〉の暴走は、フィレットの計画と考えて間違いないだろう。

そして、フィレットの背後にいるのは、虚無の〈使徒〉共だ。

（あるいは、その〈第〇四戦術都市〉こそが、奴等《やつ》の本拠地である可能性もある）

〈ヴォイド〉である以上、本拠地は虚無世界のほうにあるのだろうが――

〈影の王国《レルム・オヴ・シャドウ》〉の女王が、〈エリュシオン学院〉を前線基地に改造していたように、人間世界の橋頭堡《きょうとうほ》としている可能性は十分考え得る。

（だとすれば、これは好都合だな……）

これまでは、こそこそ暗躍するハエどもの後手に回っていたが、連中の本拠地がわかれば、まとめて叩《たた》き潰すことができる。

「おそらく、〈第〇四戦術都市〉は、我が敵の手中に落ちたのだろう」

「……ま、魔王陛下の敵!?　それは、〈ヴォイド〉ではないのですか？」

「あれはたんなる禍《わざわい》に過ぎぬ。俺の敵は、その背後にいる連中だ」

「〈ヴォイド〉の背後に……？」

首を傾《かし》げるアレクシオスをよそに、レオニスは玉座から立ち上がる。

「シャーリ、戦支度だ。〈影の王国〉の宝物庫を開け」

「は、かしこまりました、魔王様！」

シャーリが一礼し、影の中に姿を消した。

「い、戦支度……？　魔王陛下、一体、なにを……」

「言っただろう？　そろそろ、表舞台に出る頃合いだと――」

髑髏《どくろ》の仮面の下で、レオニスはニヤリと嗤《わら》った。

◆

「……はあっ、はあっ……は、あ……」

地面に倒れ込んだリーセリアは、曇天の空を見上げた。

〈真祖のドレス〉は消え、制服姿に戻っている。

燃え盛る紅蓮《ぐれん》の血竜は、〈誓約の魔血剣《ブラッディ・ソード》〉と対消滅して、姿を消した。

「……だ、め……だった……？」

消えてしまったということは、支配に失敗したの――？

「言ったでしょ。支配に失敗したら、竜に喰《く》われるって」

と、黄金色の瞳が覗《のぞ》き込んでくる。

「けど、あんたは生きてるわ」

「ヴェイラ、さん……それじゃあ……」

ヴェイラは彼女を見下ろしたまま、ふっと微笑《ほほえ》んだ。

「たいしたものね。〈竜王の血〉は、あんたを使い手として認めたわ」

「……っ!?」

リーセリアは目を見開く。

「ほ、本当……に……?」

「ええ。感じるでしょ、身体《からだ》を駆けめぐる、偉大な竜の力を」

言って、ヴェイラはリーセリアの胸のあたりに、ひと差し指を突きつける。

「あ……」

心臓が、魔力を帯びて激しく脈動している。

身体の中で、凄《すさ》まじい魔力の奔流が暴れているのがわかる。

「それを使いこなせるようになるには、まだまだ鍛錬が必要よ、精進なさい」

「あ、ありがとう、ございます、ヴェイラさん!」

リーセリアは起き上がろうとするが、全身に力が入らない。

「無理はするんじゃないわよ。今は魔力の制御で手一杯でしょ」

「は、はい……」

――と。

「――〈竜王〉様」

リーセリアの後ろに伸びた影の中から、シャーリが姿を現した。

「あら、レオのメイド、どうしたの？」

「魔王様の使いで参りました。竜王様に、お願いしたいことがございます」

「レオが、あたしに頼みごと？」

◆

帝国標準時間一三〇〇《ヒトサンマルマル》――帝都〈キャメロット〉。

六十四年前、人類が最初に建造した、最大の移動型戦闘都市。

その中枢、〈セントラル・ガーデン〉の一画にある行政府〈グラン・カセドラル〉の議会ホールでは、人類の命運を決める重大な会議が連日行われていた。

（……しばらくは、眠ることはできそうにないな）

ホールの最上段にある玉座から、現皇帝は〈賢人会議〉の行く末を見守っている。

皇帝――アルゼウス・シダー・オルティリーゼ。

議会の選挙によって、三王家の資格者の中から選ばれた、人類を統合する王。

現在、彼は四十三歳であり、〈聖剣〉の力を失うか、議会によって罷免されるまで、この玉座に就くことになる。

幸運なことに、〈人類統合歴〉以前には存在した、玉座を巡っての権力闘争や、暗殺劇などというものは過去の遺物だ。人類が〈ヴォイド〉による滅亡の危機に瀕《ひん》しているこの状況で、そんな愚かなことをしている暇はない。

それに、皇帝などという大層な称号ではあるが、その実態は象徴としての役割が大きく、そうたいした権力があるわけではない。

（……できることなら、弟に代わって欲しいくらいだな）

と、壮年の皇帝は胸中で嘆息する。

眼下の議会ホールでは、各都市の代表者による激しい議論が交わされていた。

「――〈第〇四戦術都市《フォース・アサルト・ガーデン》〉との通信は、まだ回復しないのか！」

「救援要請は確認されている、今すぐに精鋭の部隊を派遣すべきだ」

「しかし、この〈帝都〉も、先の〈大狂騒《スタンピード》〉による甚大《じんだい》な被害を受けている」

「まさか、〈第〇四戦術都市〉の同胞を見捨てるおつもりか！」

「そうは言わぬ、しかし、また〈大狂騒〉が発生する可能性はあるのですぞ」

「〈人類教会〉としては、いまこそ〈聖剣〉の力を信じて――」

「枢機卿《すうききよう》、今は現実的な話をしているのだ！」

議論の中心は、この〈帝都〉に接近しつつある〈第〇四戦術都市〉に関してだ。

――十四時間前。

〈第〇四戦術都市〉は、救援信号を発した後、虚無の暗礁に姿を消した。

その八時間後。〈帝都〉の無人探査機が発見し、撮影したのは、〈第〇四戦術都市〉の変わり果てた光景だった。

偉大な産業都市は、〈ヴォイド〉の瘴気《しょうき》に満ちた、巨大な〈巣《ハイヴ》〉となっていたのだ。

多くの〈聖剣士〉を擁する〈アカデミー〉は、数十万を超える市民たちはどうなったのか、それは不明だ。

「――このままでは、〈第〇三戦術都市《サード・アサルト・ガーデン》〉と同じことになるぞ」

誰かの発言に、議員たちは沈痛な表情で俯《うつむ》いた。

六年前、クリスタリアで発生した〈大狂騒〉の惨劇は、記憶に新しい。

「ディンフロード総督の行方は？」

「はっ、現在、捜索中です」

訊《たず》ねる議員に、シティ・ガードを統括する騎士団長が返答する。

〈第〇四戦術都市〉の総督、ディンフロード・フィレットは、〈聖剣剣舞祭〉観覧の名目で、数週間前に〈帝都〉を訪れているはずだった。

しかし、この一大事だというのに、その行方はようとして知れない。

「総督のことはいい。それより、目下に差し迫った事態を話し合おう」

「その通りです。〈第〇四戦術都市〉が、このままの針路を取れば、二十一時間後に〈帝都〉の第一防衛ラインを越える」

議会ホールが静まり返った。

——そう、〈第〇四戦術都市《フォース・アサルト・ガーデン》〉は接近しているのだ。この〈帝都〉に。

〈魔力炉〉が暴走しかねないほどの最大速力で、
巨大な〈ヴォイド〉の〈巣《ハイヴ》〉が、〈帝都〉に接近する。

こんな事態は、誰も予想し得ないものだった。

「二十一時間ですか。回避は間に合いませんな——」

議員の一人が首を横に振る。

この〈帝都〉は、は最も巨大な都市であるゆえに、移動速度は最も鈍重だ。

加えて、エンゲージ中の〈第〇七戦術都市《セヴンス・アサルト・ガーデン》〉は〈魔力炉〉の換装作業中。

建造途中の〈第〇八戦術都市《エイス・アサルト・ガーデン》〉は言うに及ばずだ。

「戦闘艦〈エンディミオン〉の到着は二時間後とのことです」

「おお……」

それは、この状況での唯一の吉報だった。

〈ハイペリオン〉の姉妹艦、〈エンディミオン〉は、三十二時間前に〈帝都〉で発生した〈大狂騒《スタンピード》〉に対する援軍として、〈第〇二戦術都市《セカンド・アサルト・ガーデン》〉より派遣されたのだ。

無論、戦闘艦一隻で、どうにかなる状況ではない。

ただ、今は少しでも希望となるものが欲しかった。

「――迎え討つよりほかあるまい」

　アルゼウスが声を発した。

　議会の注目が、皇帝の玉座に集まる。

「ここで〈第〇四戦術都市〉を見捨てる選択肢はなかろう。人類の未来を導く〈人類統合《インペリ》
帝国《アル》〉が無辜《むこ》の市民を見捨てれば、我々は人類すべてに見放される」

「おお……」

　と、議会ホールに感嘆の声が上がる。

　もとより、その結論しかないことは、誰しもがわかっていたのだ。

　アルゼウスは静かに立ち上がった。

「星に与えられし、〈聖剣〉の力が、我々を守ってくださるだろう！」

「お、おおおおおおおおお！」

　議会ホールが雄々しい声に揺れた。

　議員の一部は、六十四年前に〈聖剣〉を宿し、最前線で〈ヴォイド〉の侵攻を食い止めた、歴戦の〈聖剣士〉たちだ。

〈聖剣〉の力が衰えていなければ、自身が戦いの場に赴く覚悟は今もある。

「そ、そうだ！　同胞を救うべきだ！」

「我々の〈聖剣〉は、〈大狂騒〉も退けたではないか！」

熱狂がホールを満たした、その時。

「――お前たちが〈大狂騒《スタンピード》〉を退けた。本当にそう思うか？」

と、嘲笑するような声が響きわたった。

冷や水を浴びせられたように、一瞬で静まり返る議員ホール。

「……いま発言したのは、誰だ？」

アルゼウスが静かに口を開く。

数十人の議員たちは、たがいに顔を見合わせた。

と――

「愚かな者たちよ、誰があの〈ヴォイド・ロード〉を滅ぼしたと思っている？」

議会ホールの中央に、漆黒の外套《がいとう》を纏《まと》う影が出現した。

髑髏《どくろ》の仮面を着けたその影は、不気味な存在感を放ち、たたずんでいる。

「……な、なんだ、お前は！」

議員の一人が怒りの声をあげた。

と、黒い人影はばさりと外套を翻《ひるがえ》し、

「我が名は、ゾール＝ヴァディス――闇の底より復活した、〈魔王〉だ」

――そう名乗った。

◆

「……〈魔王〉だと？」

レオニスを見下ろして、玉座に座る男が疑問の声を発した。

〈人類統合帝国《インペリアル》〉皇帝――アルゼウス・シダー・オルティリーゼだ。

（人間の王ごときに見下ろされるのは、業腹《ごうはら》だな……）

レオニスはトン、と床を蹴って浮かび上がると、空中から玉座を見下ろした。

議会ホールにふたたびざわめきが満ちる。

「な、なんだ、あれは!?」

「うろたえるな、飛行能力のある〈聖剣〉だろう」

「親衛騎士、なにをしている！　神聖なる〈賢人会議〉を守れ！」

議員の一人が叫ぶまでもなく、〈聖剣〉を顕現させた騎士たちがホールになだれ込み、空中のレオニス目がけて攻撃を開始する。

光の剣、炎の弓矢、重力の枷《かせ》、鋼の万力、凍《い》て付く氷槍――

無数の〈聖剣〉が、レオニスめがけて襲いかかる。

「――愚かな」

レオニスが外套を翻した。

球形の力場の障壁が生まれ、〈聖剣〉による攻撃はことごとくかき消される。

「ば、ばかなっ⁉」

「親衛騎士は、Sランクの〈聖剣〉使いだぞ！」

パニックになる議場。

——が、一人だけ、動じていない者がいた。

皇帝は玉座に座ったまま、じっとレオニスを見上げている。

（……ほう、なかなかの人物のようだな）

レオニスは仮面の下で笑みを浮かべた。帝弟アレクシオスも、人間にしてはたいした度胸の持ち主だが、やはり、王として選ばれただけのことはある。

なによりこの人物は、普段からいろいろお世話になっている、レギーナの父だ。

（ある程度は、敬意を持って遇するべきであろう……）

レオニスは空中で、優雅に一礼した。

「突然の訪問を許されたい、人類の皇帝よ。本来であれば、正式な大使を通して挨拶をするところだが、なにぶん、そのような時間的余裕はなさそうなのでな」

「……」

アルゼウスはすっと手を差し伸べ、〈聖剣〉を構えた親衛騎士たちを抑えた。

「賢明な判断だ」

「──〈魔王〉、と名乗ったな？」

アルゼウスが口を開く。

「〈魔王〉といえば、世界を滅ぼす人類の敵だが、その意味で合っているのか？」

「ふっ、そうだな。その意味でよかろう、人類の王よ」

レオニスは肩をすくめる。

〈魔王〉の伝承は途絶えているが、その概念だけは、残っているのだ。

「では〈魔王〉を名乗る者よ、先ほど貴殿は、『誰があの〈ヴォイド・ロード〉を滅ぼしたと思っている？』と発言したが、あれはどういう意味だ？」

「どうもこうも、そのままの意味だ。お前たちがあまりに脆弱《ぜいじゃく》なゆえ、あの穢《けが》らわしき虚無の化け物を我がかわりに片付けてやったのだ」

「ば、馬鹿なっ！」「なにを言うか！」「〈聖剣〉の力を愚弄するか！」

議場ホールに激しい叫び声が響く。

「──黙れ」

レオニスが魔力の声を発すると、彼らは口をぱくぱくさせるだけの人形になった。

「そうだな。我は寛大な〈魔王〉だ。お前たちの貧弱な想像力では、そう簡単に信じるのは難しかろうと考え、デモンストレーションを行うことにした。〈魔王《デモン》〉だけにな」

「デモンストレーションだと？」

「――ああ、そうだ。見るがいい」

レオニスはホールの窓の外を指差した。

と――

「……っ、あ、あれは、なんだ？」

「待て、あれはまさか、〈セントラル・ガーデン〉に現れた化け物――」

「超大型の〈ヴォイド〉!?」

シギャアアアアアアアアアアアッ！

炎を纏《まと》う巨大な赤竜が、上空に現れた。

翼を広げ、この〈グラン・カセドラル〉の真上を旋回する。

風圧で庭園の木が根こそぎ吹き飛び、議場の窓ガラスが次々と割れる。

「お前たちも確認していよう。あれは、〈セントラル・ガーデン〉に出現した超大型〈ヴォイド・ロード〉を滅ぼした、我が下僕の一柱――〈スーパー暴力ドラゴン〉だ」

「げ、下僕だと……あの化け物が!?」

「う、嘘《うそ》だ、ありえん……そんなことが……」

「嘘だと思うか？　我がひと声命じれば、あたり一帯を火の海にできるぞ」

レオニスがパチリと指を鳴らした。

上空を飛ぶ赤竜が咆哮《ほうこう》し、顎門《あぎと》を開く。

そして——

ズオオオオオオオオオオオオオオンッ！

放たれた熱閃《ねつせん》が、ビルの廃墟《はいきょ》を一瞬にして蒸発させた。

「…………」

「これで、信じていただけたかな？」

レオニスが冷たく嗤《わら》った。

「…………」

全員が沈黙していた。

皇帝アルゼウスさえも、唖然《あぜん》として窓の外の光景を見つめている。

（くくく、やはりヴェイラに頼んだのは正解だったな……）

……狙い通りの効果に、レオニスは内心でほくそ笑む。

レオニス自身が魔術の力を見せてもよかったが、〈龍神《りゅうじん》〉と戦うヴェイラの姿が目撃されているのと、なにより、あのドラゴンの姿と咆哮は本能的な畏怖を感じさせる。

ヴェイラも割とノリノリのようだ。

「信じていただけないのであれば、更に魔王《デモン》ストレーションを続けようか？」

「ま、待たれよ、魔王——いや、魔王、殿……」

アルゼウスは激しく首を横に振る。

「き、貴殿の目的はなんだ？　人類の支配……なのか？」

レギーナと同じ翡翠《ひすい》色の眼《め》が、レオニスをまっすぐに見据える。

恐怖を感じながらも、皇帝たる気概はあるようだ。

「そうではない、今のところはな」

レオニスはふっと嗤《わら》い、首を横に振る。

「我は、お前たちと取引をしに来たのだ」

「……取引？」

「お前たちの敵である〈ヴォイド〉とかいう化け物。次から次へと湧いてくるあれは、我にとっても、なかなか不快で目障《めざわ》りな存在でな。あれを滅ぼすために、一時的にお前たちと手を組んでやってもいいと考えている」

「……〈人類統合帝国《インペリアル》〉と共闘すると？」

「まあ、そういうことだ――」

レオニスが答えると、

「し、信じられるものか！」

「そ、そうだ！　なにが〈魔王〉だ！」

「我々には、星から与えられた〈聖剣〉がある！」

議員たちが口々に叫ぶ。

「――それならそれで、構わぬがな」

レオニスが口を開くと、声はピタリとやんだ。

アルゼウスがすっと手を挙げ、喧噪《けんそう》を抑える。

「〈魔王〉を名乗る者よ、共闘の対価に、貴殿はなにを求める……？」

「対価か。そうだな我が求めるのは――船だ」

「……船？」

「ああ、王族専用艦〈ハイペリオン〉が欲しい」

「……なっ⁉」

アルゼウスが絶句した。

「〈ハイペリオン〉は帝国の、人類の希望の象徴。それを渡せと――？」

「ふざけるな、渡せるはずがなかろう！」

「〈ハイペリオン〉は〈聖剣士〉の誇りだぞ！」

議場ホールに怒号が飛び交った。

「我はどちらでもかまわんぞ」

と、レオニスは嘲笑《あざわら》った。

「たかが船一隻と人類の命運、どちらに価値があるか、よく考えたほうがいい」

「……〈魔王〉よ」

と、アルゼウスが声を発した。

「しばし待って欲しい。我々には、話し合う時間が必要だ」

「……まあ、よかろう。我は寛大な〈魔王〉だ」

レオニスは鷹揚《おうよう》に頷《うなず》き、指を三本たててみせた。

「──三時間だ。それ以上は待てぬ。まあ、お前たちもそう時間はなかろう」

◆

──その後、行政府では激しい議論が戦わされた。

〈第〇四戦術都市《フォース・アサルト・ガーデン》〉を救うことが第一であると主張する議員と、〈ヴォイド〉と戦えるのは〈聖剣〉の力のみであると主張する〈人類教会〉。

〈魔王〉を名乗るあの者こそが、〈ヴォイド・ロード〉である可能性も議論されたが、彼の召喚した真紅の竜が、〈セントラル・ガーデン〉に現れた超大型の〈ヴォイド・ロード〉と交戦している映像が提出され、この説は否定された。

なにより、その議論に意味はなかった。

もしそうであった場合、人類はすでに詰んでいるのだから。

——そして、三時間後。
議会は〈帝国〉の現戦力では、〈第〇四戦術都市〉の迎撃は不可能だと判断。
〈魔王〉ゾール・ヴァディスとの共闘を決定した。

第六章　魔王戦艦、出撃！

「くくっ、なかなか壮観ではないか――」

高層タワーの屋上から、沖に展開する艦隊を見下ろして、レオニスは哄笑《こうしょう》した。

真紅の目の輝く髑髏《どくろ》の仮面。風にあおられ、闇の外套《がいとう》がはためく。

〈ハイペリオン〉を旗艦とした、十四隻もの戦闘艦。

〈第〇四戦術都市《フォース・アサルト・ガーデン》〉奪還作戦のために編成された、大艦隊である。

そして――

「ふむ、あれが俺の船か」

軍港エリアへ視線を向けると、埠頭《ふとう》に巨大な戦闘艦が停泊していた。

〈帝都〉の救援要請を受け、〈第〇二戦術都市《セカンド・アサルト・ガーデン》〉から派遣された、〈ハイペリオン〉の姉妹艦〈エンディミオン〉だ。

ゾール・ヴァディスが力を貸す対価として所望したのは〈ハイペリオン〉だが、〈始原《ワイルド・》の精霊《エレメンタル》〉による運用を前提とした〈ハイペリオン〉よりも、取り回しがいいということで、アレクシオスが仲介に立ち、同型艦のほうを貰《もら》い受けることにしたのだった。

〈最大スペックは〈ハイペリオン〉には劣るようだが、まあよかろう〉

ずっとカッコイイ戦闘艦が欲しかったレオニスとしては、十分満足だ。

〈魔王〉ゾール・ヴァディスと人類が取引をしたこと、そして、〈エンディミオン〉にレオニスが乗ることを知っているのは、一部の上層部のみだ。

まあ、賢明な判断だろう。

〈魔王〉に助力を頼んだなどということが知られれば、軍内部に不信と混乱を招く。

（……それにしても、よもや本拠地ごと攻めてくるとはな）

と、レオニスは水平線の向こうを睨《にら》み据えた。

〈第〇四戦術都市〉を変貌させたのは間違いなく、虚無の〈使徒〉の策謀だ。

だが、なんのために……？

レオニスは、上空の裂け目をじっと見つめて思考する。

（……〈ヴォイド〉は、虚空《こくう》の亀裂を自在に生み出せるわけではない）

もし、自在に裂け目を生み出せるのであれば、虚無世界からの奇襲によって、人類などとっくに滅ぼされていただろう。

（こちらの世界に現れた〈ヴォイド〉は基本的に、一定の時間が経過すると、裂け目に呑《の》まれて消えてしまうことがわかっている）

それは、〈聖剣学院〉の基本講義でも習うことだ。

事実、リーセリアの故郷を襲った〈大狂騒《スタンピード》〉も数日で自然消滅している。

〈ヴォイド〉がこちらの世界で存在を維持するためには、大規模な〈巣《ハイヴ》〉を形成し、結晶化して休眠状態にならなければならないのだ。

（こちらの世界に侵攻できるのは、おそらく、二つの世界の位相が重なった時――）

そして、〈ヴォイド・ロード〉のような強大な〈ヴォイド〉が侵攻してくるには、より巨大な裂け目が必要になる。

レオニスの推測では、〈第〇四戦術都市《フォース・アサルト・ガーデン》〉は、〈使徒〉がこちらの世界へ侵攻するための橋頭堡《きょうとうほ》としての役割を果たすはずだ。

（――それを足がかりに、〈不死者の魔王〉は〈帝都〉を陥とすつもりなのだろう）

と、レオニスは不敵に嗤《わら》う。

（……奴《やつ》はまず、六英雄の〈龍神《りゅうじん》〉を送り込み、こちらの戦力を把握した）

その後に、〈魔王〉自身が本軍を引き連れて現れる。

敵に戦争を仕掛ける際の、レオニスの基本戦略だ。

（……貴様の策などお見通しだ、骨を洗って待っているがいい）

と――

「魔王様――」

足もとに伸びる影から、シャーリがすっと姿を現した。

「ブラッカス様よりご報告です。艦内の〈影の回廊〉の設置が完了したと」

「うむ、わかった」

「……その、よろしかったのでしょうか？」

シャーリは遠慮がちに口を開く。

「……なんのことだ？」

「はい、〈魔王軍〉の再興はまだ道半ば。人間たちの前に姿を現すのは――」

「ああ、そのことか」

レオニスは頷《うなず》いて、

「かまわん。ちょうど、表舞台へ出る頃合いだと思っていたのだ」

〈不死者の魔王〉は、すでにレオニスの存在を感知しているだろう。

――となれば、今度は尖兵《せんぺい》ではなく、大戦力を以《もっ》て〈王国〉に侵攻してくるはずだ。

〈不死者の魔王〉を相手にしながら、正体がバレぬように戦うのはさすがに難しい。

それに、アレクシオスの報告によれば、すでになんらかの強大な存在が介入していることは、隠しきれなくなってきているようだ。

「さすがに、派手に暴れすぎたかもしれん」

レオニスだけなら、まだ結界などで誤魔化《ごまか》せたかもしれない。

だが、今回〈セントラル・ガーデン〉の上空で暴れたヴェイラ、海上の〈ヴォイド〉を大魔術で沈めたリヴァイズの姿は大勢に目撃されている。

もはや、小細工で誤魔化《ごまか》すのは困難だ。

それに、レオニスは二つの顔を使い分けることができる。

遂《つい》に人類の前に姿を現した、恐怖と破壊の〈魔王〉――ゾール・ヴァディス。

そして、〈聖剣学院〉に所属する、十歳の少年。

ゾール・ヴァディスが表舞台に現れ、注意をひくことで、十歳の少年のほうは、より影に徹して動きやすくなるというわけだ。

「なるほど、そういうお考えでしたか。さすがは魔王様！」

シャーリが感心したように言う。

「くくく、こそこそ隠れるのはここまでだ。人類に〈魔王〉の威を見せてやろう」

「魔王様、万歳！」

どこから取り出したのか、シャーリがお手製の紙吹雪を撒《ま》き散らす。

「――さて、そろそろ俺も向かわねばな」

レオニスは外套《がいとう》を翻《ひるがえ》し、一瞬で学院の制服に着替えるのだった。

◆

――〈聖剣学院〉フレースヴェルグ寮。

「セリアお嬢様、こっちは準備できました」

「わかった、すぐ行くわ」

部屋のドアを開けて、背嚢《はいのう》を背負ったレギーナが入ってくる。

リーセリアは、遠征任務用の背嚢にむりやり荷物を詰め込んだ。

「まさか、〈第〇四戦術都市《フォース・アサルト・ガーデン》〉が、こんなことになるなんて……」

端末の情報を確認しつつ、呟《つぶや》くリーセリア。

〈聖剣学院〉の管理局から、第十八小隊に緊急の一報が入ったのは、一時間前。

第二大陸の海域に展開していた〈第〇四戦術都市〉が、救助信号を発した後、突如ロストした。十数時間後、暗礁海域からふたたび現れた〈第〇四戦術都市〉は、巨大な〈ヴォイド〉の〈巣《ハイヴ》〉と化し、〈帝都〉に接近しつつあるという。

〈帝都〉の議会は、第一防衛ラインにて、艦隊による〈巣〉の破壊を決定。

〈聖剣学院〉の各小隊にも、志願を募ることになったのである。

与えられた任務は、〈第〇四戦術都市〉内の〈ヴォイド〉の掃討と生存者の救助。

咲耶《さくや》とレオニスにはすでに連絡をとってあり、艦隊の集結する、〈帝都〉の軍港で合流することになっている。

「フィーネ先輩が攫《さら》われた直後のタイミング、偶然とは思えませんね」

「ええ……」

リーセリアは頷《うなず》く。

（ディンフロード伯爵は、なにか恐ろしい計画のためにフィーネ先輩を攫《さら》った……）

現在の状況が、フィレットの手によって引き起こされたのは明らかだ。

「間違いない。フィーネ先輩は、〈第〇四戦術都市《フォース・アサルト・ガーデン》〉にいるわ」

リーセリアは背嚢《はいのう》を手に立ち上がった。

「行きましょう、レギーナ」

「はいっ、お嬢様！」

「……ママー」

と、その時。背後で声が聞こえた。

「どこへ行くのですか？」

振り向くと、シュベルトライテが部屋の隅で、小首をかしげている。

「ちょっと、お出かけしてくるわ。お留守番お願いね」

「──それは承諾できません」

シュベルライテは首を振る。

「ええっ？」

「マスターを守ることが、マスターに与えられた私の使命」

「使命って、なんのこと……？」

リーセリアが困惑していると、

「お嬢様、連れて行きませんか？　この娘、なんか万能ですし」

レギーナが小声で言ってくる。

「それはそうだけど……」

リーセリアはうーん、と顎に手をあてる。

たしかに、この正体不明の魔導人形《マギア・ドロイド》はとても有能だ。フィレットの研究施設を強襲したときもおおいに助けられた。

……ただ、任務に連れて行くとなると、どう誤魔化《ごまか》すかが問題だ。

対〈ヴォイド〉用の兵装と言い張れないこともないが、〈管理局〉に届け出も出していない、正体不明の魔導人形を連れて行けば、いろいろ調査されてしまう。

「あのね、ライテちゃんのことは、秘密にしておかないといけないの」

「――問題ありません。擬態モードでの行動が可能です」

「……へ？」

シュベルトライテの角が明滅し、魔力の粒子を放出する。

と、彼女の輪郭がぐにゃりと歪《ゆが》み、すーっと姿が見えなくなった。

「そんなこともできるの!?」

「魔力変換によって、周囲の視覚情報を再構築しただけです」

今度はすーっと首だけが宙に現れる。

「これなら、大丈夫そうですね」

透明なシュベルトライテの身体《からだ》をぺたぺたと触るレギーナ。

「……そ、そうね。わかったわ、連れて行きましょう」

◆

――〈第〇四戦術都市《フォース・アサルト・ガーデン》〉の第一防衛ライン到達まで、十四時間。

〈聖剣学院〉の精鋭部隊は〈帝都〉の軍港に集合した。

各小隊ごとに集まり、旗艦〈ハイペリオン〉に乗り込む手筈《てはず》だ。

「アルティリア王女も乗艦されるのね」

「王女の使役する〈カーバンクル〉がいないと、せっかくの最新鋭艦も十分なスペックが発揮できませんからね」

巨大な戦闘艦を見上げて呟《つぶや》くリーセリアに、レギーナが答える。

前に〈ハイペリオン〉に乗り込んだのは、およそ半年前のことだ。

あの時は、武装テロリストに襲われたり、いろいろ大変だったけれど。

「あっ、リーセリア・クリスタリア！」

と、背後で彼女の名を呼ぶ声がした。

振り向けば、そこにいたのは〈執行部〉のフェンリス・エーデルリッツだ。

「フェンリス、あなたも志願したの？」

「ふっ、当然ですわ」

フェンリスは、ふぁさっと髪をかき上げて、

「あなたが志願しているのに、永遠のライバルたるわたくしが志願しないわけにはいきませんもの。べ、べつに、あなたのことが心配なわけではありませんわ」

頬《ほお》を赤らめ、つんとそっぽを向く。

「そういえば、あなた。ここ数日間、一体どこへ行方をくらましていましたの？」

「ええっと、ちょっと、都市外任務に……」

「嘘《うそ》おっしゃい。第十八小隊に、都市外任務の命令なんて出ていませんわよ」

「そ、それは……」

〈エリュシオン学院〉の事件に関しては、箝口令《かんこうれい》が敷かれているし、まして、独断で〈ヴォイド〉の世界を調査していたなんて、言えるわけもない。

「べつに心配していたわけじゃありませんけど、〈執行部〉としては、勝手な行動をとられると困りますのよ」

「うん、ごめんね。心配してくれてありがとう」

「だ、だから、心配なんてしてませんわっ！」

「フェンリス隊長、なにしてるんですー？　みんな集まってますよー」

と、第十一小隊のメンバーが遠くで彼女を呼んだ。

「いま行きますわ。それでは、ごきげんよう……あいたっ！」

身を翻《ひるがえ》した歩き出した途端、悲鳴をあげておでこを押さえる。

「な、なんですの？　なにか透明な何かにぶつかったような……」

戸惑いの表情を浮かべつつ、歩き去っていくフェンリス。

「フェンリスお嬢様、相変わらずツンデレですねー」

レギーナが肩をすくめた、その時。

フェンスの向こうから、こっちへ歩いてくるレオニスの姿が見えた。

「あ、レオ君！」

「少年、こっちですよー」

「——お待たせしました」

レオニスは二人に近付くと、

「あれ、そこになにかいますか……？」

なにもない空間にじーっと目を凝らす。

と——

「マスター、擬態を見破られました」

「うわっ！」

空間がぐにゃりと歪《ゆが》み、シュベルトライテの首だけが宙に出現する。

「ラ、ライテちゃん、首だけ現れるのはちょっと怖いわ」

「シュベルトライテ、連れてきたんですね……」

「ええ。〈第〇四戦術都市《フォース・アサルト・ガーデン》〉が暴走してるってことは、都市の防衛システムが、まるごと乗っ取られてる可能性があるから、連れて行ったほうがいいかと思って」

「なるほど。それはたしかに、そうかもしれませんね」

「……そういえば、レオ君。ヴェイラさん、どこへ行ったかわかる？」

と、リーセリアは訊《たず》ねる。

グラウンドから姿を消したあと、そのままいなくなってしまったのだ。

レギーナと街デートをしていたリヴァイズのほうも、レギーナがダンスのゲームに夢中になっている間に、ふらりと姿を消してしまったらしい。

「さあ、あの二人は気まぐれなので」

と、肩をすくめつつ答えるレオニス。

「そう、せめてちゃんとお礼をしたかったのに……」

本音を言えば、彼女たちに力を貸して欲しかったけれど。

（いいえ、それは多くを望みすぎね……）

と、胸中で首を振る。

甘えるわけにはいかない。彼女たちには彼女たちの事情があるのだ。

「あ、咲耶《さくや》も来ましたよ。……って、なんですかあれ？」

レギーナが遠くを指差して、訝《いぶか》しげに眉をひそめた。

見れば、咲耶を背に乗せた黒い犬が、ゆったりと歩いてくるところだった。

「やあ、先輩たち。遅くなってすまない」

「……咲耶、どうしてモフモフ丸に乗ってるの？」

リーセリアが呆《あき》れて訊《たず》ねると、

「ああ、ここに来る途中で、たまたま出会ってね。特製のきびだんごをあげたら、ここまで乗せてくれたんだ。〈ヴィークル〉より、ずっと速かったよ」

黒い犬の背から飛び降りると、耳の後ろをわしゃわしゃ撫《な》でる。

モフモフ丸は気持ちよさそうに、黄金色の目を細めた。

「ん、少年、どうしたんです？」

「いいえ、なんでもありません」

訊ねるレギーナに、なんとも複雑な表情で答えるレオニス。

「これで揃《そろ》ったわね。それじゃ、行きましょう」

リーセリアが〈ハイペリオン〉の搭乗口へ足を向ける。

「先輩、モフモフ丸は？」

「連れて来ちゃだめよ」

◆

第十八小隊には、〈ハイペリオン〉の二階の船室が割り当てられた。

（……ブラッカスめ、完全に餌付けされているではないか）

やれやれと嘆息しつつ、レオニスは簡易ベッドの上に腰をおろす。

リーセリアとレギーナは、上官のディーグラッセに呼ばれ、作戦司令室へ向かった。

シュベルトライテも一緒だろう。

窓の外に目をやれば、レオニスの所有となった〈エンディミオン〉の威容が見える。

（やはり、いいものだな。俺の戦艦は……）

思わず、口の端が緩む。

以前はレオニスも、〈骸骨船《ワイルド・ハント》〉という戦艦と、幽霊船の大艦隊を所有していた。

しかし、〈骸骨船〉の船長に任じていた腹心の一人、〈魔骨将軍〉デルリッチ・デスロードが、調子に乗って〈海王〉の支配領域に手を出したため、怒ったリヴァイズ・ディープ・シーによって、艦隊ごと沈められてしまったのである。

（……まあ、一〇〇〇年以上も昔のことだ。根には持つまい）

と、端末のカメラで、〈エンディミオン〉の船体を夢中で撮っていると、

「なーにをしているのかな、魔王様？」

「……っ!?」

と、あわてて振り向くレオニス。

エアロック式のドアを開け、入ってきたのは咲耶《さくや》だ。

「さ、咲耶さんっ……魔王って——」

声をひそめ、あたりをきょろきょろと見回す。

「まあ、いいじゃないか。二人きりだし、盗聴もされてないよ」

咲耶は靴を脱ぐと、ベッドの上にひょいっと座った。

「そういう問題じゃありません……」

「ふふ、二人だけの秘密って、ドキドキするよね、魔王様」

咲耶は微笑して、つんつんとレオニスの頬《ほお》をつっつく。

先日、咲耶には、レオニスの正体が〈魔王〉だとあっさりバレてしまったのだ。

「こんなに可愛《かわい》い少年が悪い魔王だなんて、先輩たちにバラしたらどうなるかな？」

「……～っ、な、なにが望みですか、咲耶さん」

頬《ほお》をぷにぷにされたまま、憮然《ぶぜん》として訊《たず》ねるレオニス。

……〈魔王〉が脅迫されている。

「少年は話が早いね。なに、ちょっとからかってみただけだよ」

咲耶《さくや》はくすっと微笑《ほほえ》むと、

「じつは、折り入って少年に……というか、魔王様に相談があってね」

頬をつつく手を止め、急に真面目《まじめ》な顔になる。

「……相談って、なんですか？」

「ああ。少年は、生ける屍《しかばね》とか、不死者《アンデッド》と呼ばれる存在に、心あたりはあるかな？」

「……」

レオニスは一瞬、口を噤《つぐ》んで、

「……まあ、それなりには」

そっけなく答える。

心当たりがある、どころではない。〈不死者の魔王〉であるレオニスほど不死者に精通した者は、この世界に二人といないだろう。

(……いや、今は二人いるのか)

——と、そんなことを考えていると。

咲耶はベッドの上で距離を詰めてくる。

「……ああ、やっぱり、詳しいと思ったんだ」

「あくまでそれなりに、ですよ。それで、不死者がどうかしたんですか？」

レオニスは慎重に訊《き》き返す。

ひょっとして、リーセリアが不死者であることが、バレてしまったのだろうか？

だが、返ってきたのは、意外な言葉だった。

「じつは、ボクの姉が、甦《よみがえ》った屍かもしれないんだ」

「咲耶さんのお姉さんって、あの遺跡にいた――」

レオニスの言葉に、咲耶はこくっと頷《うなず》く。

〈オールド・タウン〉の〈封神祀《ほうしんし》〉で、咲耶を暗殺しようとした青髪の少女。

ネファケスと行動を共にしている以上、彼女もまた、虚無の〈使徒《アポストル》〉なのだろうが。

彼女からは、たしかに生命の気配は感じられなかった。

（……間違いあるまい、あれは上位の不死者の眷属《けんぞく》だ）

咲耶は唇を噛《か》み、自身の手をじっと見下ろして、

「姉が、本当に甦った屍なんだとしたら――殺す方法は、あるのかな？」

静かに口を開く。普段の彼女とは違う、切迫した表情で。

「〈不死者〉を殺す方法は、幾つかありますよ」

だから、レオニスも真剣に答えることにする。

「まず、不死者《アンデッド》は基本的に火に弱い。死体を灰になるまで燃やせば、甦《よみがえ》ることはありません。それから、聖なる属性攻撃ですね。まあ、こっちは難しいでしょうけど」

なにしろ、この時代には聖属性の魔術が伝承されていないのだ。

「あとは、〈不死者〉の種類によって様々ですね。バラバラに砕いただけで滅びる奴《やつ》もいれば、日光にあたるだけで滅びる奴もいます。逆に、火で焼こうが、塵《ちり》になるまで分解しようが、聖なる光で浄化しようが、関係なく甦り続けるとんでもない奴もいますよ」

ちなみに、そのとんでもない奴とは、〈不死者の魔王〉のことである。

「……そうか。火か……」

ぽつりと真剣に呟《つぶや》いて、咲耶《さくや》は顔を上げる。

「そ、それじゃあ……不死者となった者を救うことは、できるのかな？」

（……なるほど。本当に訊《き》きたかったのは、こっちのほうか）

レオニスは、ゆっくりと首を横に振った。

「一度不死者となった者を、元の姿に戻すことはできません」

「……それは、絶対に？」

「ええ、絶対にです」

魔導の力で死者を甦らせることはできる。しかし、一度不死者になった者を元の生者に戻すのは、六英雄の〈聖女〉にも不可能な奇跡だ。

「……そうか。〈魔王〉の君が断言するのなら、そうなんだろうね」

咲耶はベッドシーツをぎゅっと掴《つか》んだ。

うつむいたその表情は、前髪に隠れて見えない。

「──わかった。覚悟が決まったよ」

彼女は顔を上げると、ベッドから降りて靴を履き直した。

「相談に乗ってくれてありがとう。邪魔をしたね」

「あ、咲耶さん──」

立ち去ろうとする咲耶の背中に、レオニスは声をかけた。

「じつは、僕も咲耶さんに訊きたいことがあるんです」

「……なんだい？　下着の色なら、桃色だよ」

「そ、そうなんですか……って、違います！」

レオニスは顔を赤くして叫んだ。

普段の調子に戻った咲耶に少し安堵《あんど》しつつ、こほんと咳払《せきばら》いする。

「咲耶さんは、〈魔剣〉の力を使いますよね」

「……」

咲耶は足を止め、振りかえった。

「……少年には、バレてたか。秘密はお互い様だね」

「前に〈魔王城〉に乗り込んで来たときに、使ってたのを見たんですよ。あのときは、レギーナさんみたいな〈聖剣〉の形態換装《モード・シフト》だと思っていたんですけどね」

「なるほど。それで、ボクの秘密を知って、少年はどうするつもりかな？」

咲耶《さくや》の瞳が、鋭くレオニスを見すえた。

「……ま、〈魔王〉らしく、ボクの身体《からだ》を要求するのかな？」

「……～っ、なんでそうなるんですか！」

「ち、違うのか？　だってほら、少年だって、そういうお年頃なんだし……」

それとも、少年は、ボクの身体にはこれっぽっちも興味がないのかな？

それはそれで失礼なんじゃないのかな？

――と、そんな不満げな思いをこめた視線を向けてくる。

「違います。訊《き》きたいのは、どうして咲耶さんは、〈魔剣〉を使っているのに、ほかの〈魔剣〉使いのように、精神を侵蝕《しんしょく》されていないのかってことで……」

「ああ、なるほど、フィーネ先輩のことだね」

「――はい」

咲耶が、なんらかの方法で〈魔剣〉の影響を無効化できているのなら、〈魔剣〉に蝕《むしば》まれたエルフィーネもまた、同じようにできるかもしれないと考えたのだが、

「残念だけど……」

と、咲耶は首を横に振った。

「〈魔剣〉の力を使えば、ボクも虚無に侵蝕されてしまう、それは同じなんだ。ただ、ボクの〈闇千鳥《やみちどり》〉は少し特殊でね。〈聖剣〉が〈魔剣〉に変化したわけじゃなくて、もともと〈魔剣〉だったものが、〈聖剣〉に転換できるようになったんだ。だから、〈魔剣〉を使う時間は極力少なくして、侵蝕の影響を抑えているんだよ」

「……そう、なんですね」

「正直、〈闇千鳥〉のことは、ボク自身もわかっていなくてね――」

咲耶は肩をすくめると、

「なんにせよ、フィーネ先輩を救うなら、一刻も早くしないと。完全に〈魔剣〉に喰《く》われてしまえば、手遅れになる」

そう言い残して、部屋を出て行くのだった。

◆

――帝国標準時間一九〇〇《ヒトキユウマルマル》。

簡素な夕食をとった後、第十八小隊のメンバーは作戦会議室に集合した。

「――これより、各部隊に本作戦を通達する」

部屋の中央で、〈聖剣学院〉のディーグラッセ・アルト教官が声を張った。

部屋に集まったのは、第十一小隊、第十八小隊、第二十二小隊のメンバーだ。

リーセリアたちは、全員緊張した面持ちで、上官の話に耳を傾ける。

「現在、〈第〇四戦術都市《フォース・アサルト・ガーデン》〉の都市機能は完全に失われており、シェルターに避難した市民の救出、および本作戦の最重要目標である〈魔力炉〉の制圧は困難だ」

壁のスクリーンに〈第〇四戦術都市〉の全体マップが映し出された。

「ゆえに、我々の第一目標は、〈セントラル・ガーデン〉の各所にある〈都市統制塔《コントロール・タワー》〉を奪還し、都市機能を回復させることとなる」

六箇所の〈都市統制塔〉の場所が、マップ上に表示される。

ディーグラッセ指揮下の三部隊が担当するのは、そのうちの三箇所だ。

ここを押さえ、都市機能の一部を回復させることで、各エリアを繋《つな》ぐ地下トンネルの隔壁が開放され、市民の救出がスムーズになる。

「――とはいえ、戦闘の最前線に技官を連れていくことは難しいので、各部隊に緊急のリカバリープログラムを組み込んだ〈人造精霊《アーティフィシャル・エレメンタル》〉とマニュアルを配布する。マニュアル通りに実行すれば、最低限の都市機能を回復させることができるはずだ」

ディーグラッセが、各小隊の隊長に端末のケースを配る。

「第一目標の制圧後は、報告の後、シャトレス・レイ・オルティリーゼ王女殿下の部隊に合流して、〈魔力炉〉の制圧に向かうように。ただし、途中で生存者を発見した場合は、これを保護し、救出部隊に引き渡すことを優先しろ」

シャトレスの名前を聞いたレギーナが、わずかに反応した。

最強の〈聖剣〉を持つと名高い第三王女も、最前線で戦うらしい。

ディーグラッセが指揮杖《しきじよう》を振ると、また映像が切り替わった。

映し出されたのは、高層ビルの下に形成された、巨大な結晶群だ。

それを目にした途端、リーセリアたちの表情に緊張が走った。

「見ての通り、市街には〈ヴォイド〉の〈巣《ハイヴ》〉がいたるところに形成されている。これらは我々の上陸と共に孵化《ふか》するだろう。

また、第一目標の〈都市統制塔〉にも、〈巣〉が形成されている可能性は極めて高い。

もしSランク以上の〈ヴォイド〉が出現し、小隊規模での制圧が困難と判断した場合、付近の部隊に応援を頼むように。

——以上だ。諸君らに〈聖剣〉の導きあれ」

◆

「——あの、セリアさん」

作戦会議室から部屋に戻る途中。

荒れた海を望む外の通路で、レオニスはリーセリアを呼び止めた。

「なに、レオ君？」

潮風に煽《あお》られる銀髪を押さえ、彼女は振り向く。

「セリアさんに、話しておくことがあります」

レオニスはあたりに人がいないことを確かめ、小声で告げた。

「僕は〈第〇四戦術都市《フォース・アサルト・ガーデン》〉の奪還作戦には参加しません。この船を離脱します」

「え……？」

驚きの声を上げるリーセリア。

レオニスは手すりを掴《つか》み、遠く海の向こうに視線を投げる。

「この事態の背後には、人類では抗し得ることのできない、強大な存在がいます」

「それって、フィーネ先輩の言ってた――」

「……はい。エルフィーネ先輩を攫《さら》ったのは、ディンフロード・フィレットかもしれませんが、その背後には奴《やつ》に力を与えている、虚無の支配者たちがいる」

――ネファケスを始めとする、〈使徒《アポストル》〉と呼ばれる〈ヴォイド・ロード〉。

そして、ネファケスが復活させた、〈不死者の魔王〉。

「僕は、その連中を引きずり出して、叩《たた》き潰します」

「レオ君……」

リーセリアは息を呑《の》み、レオニスをじっと見つめる。

「──なので、ちょっと、こっちで手一杯になってしまうかもしれません」

「……わたしはレオ君の、足手まといかな」

「違いますよ」

と、レオニスは首を横に振り、

「エルフィーネ先輩のことは、セリアさんに任せます。今のセリアさんになら、任せられると思っています。それに、僕は敵に死を与えることは得意ですが、エルフィーネ先輩を救うのは、きっとセリアさんにしかできない。だからこそ、あの人はセリアさん宛てにメッセージを遺《のこ》したんです」

リーセリアのほうへ向きなおる。

「──だから、先輩を頼みます」

リーセリアは、少し驚いたように目を見開いて、

「……うん、わかった。こっちは任せて」

とん、と笑顔で胸を叩いてみせる。

「レオ君も、気をつけてね」

「はい、すぐに片づけて……うわっ」

突然、リーセリアがレオニスの身体《からだ》を抱きしめた。

「セ、セリア……さん？」

「レオ君が、すごく強いのは知ってるよ。でも、ね——心配なのは、わかって」

「はい……」

揺れる船の上で、レオニスはしばらく彼女の両腕に身をまかせる。

と、リーセリアは腕をほどいて、優しく頭を撫《な》でた。

「戻ったら、レオ君のこと、もっと教えてほしいな」

「……わかりました」

と、レオニスは頷《うなず》く。

……それも頃合いかもしれないな、と思いながら。

リーセリアが部屋に戻るのを見届けてから、レオニスは甲板に足を向ける。

夜の海を突き進む、巨大な〈エンディミオン〉の船影が見えた。

「——シャーリ」

「はい、魔王様」

影の中から、シャーリが現れて跪《ひざまず》く。

「リーセリアを任せたぞ」

「——かしこまりました」

レオニスの姿が、船のライトの生み出した影の中に沈んで消える。

同時、シャーリの姿がぐにゃりと歪《ゆが》み、レオニスに変化した。

◆

レオニスが現れたのは、〈エンディミオン〉のブリッジの司令席だった。

「――マグナス殿」

と、オペレーター席に座るブラッカスが声をあげる。

「――待たせたな、ブラッカスよ。どうだ、この船は？」

「ああ、マグナス殿に相応《ふさわ》しい立派な船だ」

「そうであろう。シャーリにはどうも、この素晴らしさがわからぬようでな。やはり、お前とは趣味合うようだ」

司令席に座るレオニスは、上機嫌に腕を組んだ。

「しかし、装飾が地味ではあるな。舳先《へさき》に髑髏《どくろ》の彫刻をほどこすとしよう」

「いや、それは――」

「なにが髑髏よ、センスがないわ。ドラゴンの彫刻にしておきなさい」

「……なんだと？」

振り向くと、ヴェイラとリヴァイズが、ブリッジに入ってきた。

「ふむ、この船も悪くはないが、我の〈リヴァイアサン〉ほどではないな」

「最大最強の海獣と比べるな――」

と、苦々しく呟《つぶや》くレオニス。

「――それで、本当に現れるんでしょうね。〈不死者の魔王〉は」

「ああ、間違いない」

訊《たず》ねるヴェイラに、レオニスは不敵に嗤《わら》ってみせる。

「これまでは後手に回って来たが、こちらから攻め込んで、一気に潰す好機だ」

「あたしを利用しようとしたこと、後悔させてあげるわ。ドラゴンは借りを返すのよ」

ヴェイラの真紅の髪が、燃え上がって火の粉を放つ。

彼女は一度、連中の手によって、〈ヴォイド・ロード〉に変貌させられた。

その恨みを忘れていないのだ。

「奴等《やつ》が我ら〈魔王〉を狙っているというのであれば、潰しておかねばなるまい。どこへ消えたかもわからぬ〈アズラ＝イル〉は、ひとまず後回しでよかろう」

〈海王〉リヴァイズも傲然と言い放つ。

〈不死者の魔王〉と戦争を始めるのに、これ以上の戦力はあるまい。

「〈獣王〉はどうして誘わなかったの？　あの戦闘狂、絶対乗ってきたでしょうに」

「奴は昔、〈海神〉の呪いを受けてな、海が苦手なのだ」

「うむ、以前、海で溺れたあやつを救ってやったことがあるぞ」

「へえ、借りってそのことだったのね。面白いことを聞いたわ」

ヴェイラが悪い笑みを浮かべる。じつはレオニスも、勇者時代に〈海神〉に泳げなくなる呪いをかけられているのだが、ヴェイラには教えないほうがいいだろう。

（――まあ、〈獣王〉の呪いに関しては、方便なんだがな）

〈帝都〉と〈第〇七戦術都市《セヴンス・アサルト・ガーデン》〉の上空に、あの裂け目が残っている以上、また〈大狂騒《スタンピード》〉が発生しないとも限らない。〈不死者の魔王〉が、同時多発的に〈ヴォイド〉の軍勢を送り込んでくる可能性も十分考えられるのだ。

〈聖剣学院〉と孤児院の守りに、〈ログナス三勇士〉と〈七星《しちせい》〉のメイドを残してはいるものの、拠点以外の防衛は心許《こころもと》ない。

（……〈獣王〉を残しておけば、大規模な奇襲にも対抗できるだろう）

と、レオニスはほくそえむ。

「〈魔王〉が集まって戦う、〈魔王戦争〉の再現ね」

「相手は〈六英雄〉でなく、〈不死者の魔王〉だがな――」

レオニスは〈遠見〉の魔眼を使い、はるか遠くに視線を向ける。

虚無の魔都――〈第〇四戦術都市《フォース・アサルト・ガーデン》〉の姿が迫りつつあった。

第七章　魔剣の女王

——帝国標準時間〇八三〇《マルハチサンマル》。


旗艦〈ハイペリオン〉より、精鋭部隊を乗せた二十四隻の戦術高速艇が発艦。艦隊の支援砲撃を受けつつ、〈第〇四戦術都市《フォース・アサルト・ガーデン》〉第Ⅲ軍港エリアへの強襲上陸に成功した。

展開した各部隊は、シャトレス王女の指揮の下、〈ヴォイド〉の掃討を開始。

軍港エリアの奪還に成功し、橋頭堡《きょうとうほ》を確保した。

〈聖剣士〉の死傷者は七名、負傷者は四十二名。

軍港制圧後、各部隊はそれぞれの目標に対して行動を開始した。

◆

「——セリアお嬢様、来ますよ！」

「ええ、レギーナ、援護をお願い！」

地面を蹴って、リーセリアが迫り来る巨人を斬り伏せた。

ドオオオオオオンッ！

派手な地響きをたて、仰向《あおむ》けに倒れ込むオーガ級〈ヴォイド〉。

即座に咲耶《さくや》が駆け込んで、その首を斬り飛ばした。

噎《む》せ返るような虚無の瘴気《しょうき》が、あたりにほとばしる。

第十八小隊の作戦目標は、〈セントラル・ガーデン〉の東区画。

〈第〇四戦術都市〉の都市機能を司《つかさど》る〈都市統制塔《コントロール・タワー》〉のひとつだ。

だが、〈都市統制塔〉周辺には、大規模な〈ヴォイド〉の〈巣《ハイヴ》〉が形成されていた。

〈巣〉の結晶が次々と割れ砕け、数体のオーガ級〈ヴォイド〉が這《は》い出してくる。

〈誓約の魔血剣《ブラッディ・ソード》〉を片手に構え、リーセリアは眼前の〈ヴォイド〉目指して駆け出した。

虚空《こくう》に閃《ひらめ》く無数の血の刃《やいば》が、〈ヴォイド〉の全身を斬り刻む。

「……っ、次から次へと、キリがないですね！」

レギーナの〈猛竜砲火《ドラグ・ハウル》〉が、〈ヴォイド〉の〈巣〉をまとめて吹き飛ばした。

だが、市街に広がる巨大な〈巣〉の完全な破壊は困難だ。

ズオオオオオオオオオオオン！

はるか遠くで、巨大な光の柱が空を斬り裂くのが見えた。

「あれは、シャトレス様の〈聖剣〉――〈神滅の灼光《ラグナ・ノヴァ》〉!?」

「相変わらず、すごい威力ですね……」

戦場で見る最強の〈聖剣〉の力に、あらためて唖然《あぜん》とする二人。

と──

「セリアさん、あれ、使えませんか？」

少し後ろから駆けてきたレオニスが、通りの向こうを指差した。

「あれ？」

リーセリアが視線を向けると、大型の戦闘車両《バトル・ヴィークル》が瓦礫《がれき》の中に埋もれていた。

──対〈ヴォイド〉戦闘用の〈自走式砲台《ブラスター・ヴィークル》〉だ。

〈第〇四戦術都市《フォース・アサルト・ガーデン》〉の防衛部隊が、撤退の際に放棄していったものだろう。

「軍用の車両は認証ロックがありますよ、壊れてるかもしれませんし──」

「それ、大丈夫だと思う──ライテちゃん、使ってみる？」

「はい、マスター」

頷《うなず》いて、シュベルトライテが駆け出した。

車両のハッチを開くと、中に入って支配を開始する。

──わずか数秒後。認証ロックが解除され、砲塔が旋回した。

ズオオオオオンッ！

放たれた魔力砲が、前方を塞ぐ〈ヴォイド〉の〈巣《ハイヴ》〉を吹き飛ばした。

「うわ、なんですか、あの火力！　わたしの〈第四號竜滅重砲《ドラゴン・スレイヤー》〉級ですよ！」

通常の〈自走式砲台〉にあるまじき大火力だ。

「……っ、ほぼ残骸《ざんがい》とはいえ、さすがは魔王様と同格の〈機神〉ですね」

レオニスが誰にも聞こえない小声で、ぼそっと呟《つぶや》く。

「あれに随伴して突破しましょう！」

ズオンッ、ズオンッ、ズオオオオオオオンッ！

シュベルトライテの支配する〈自走式砲台〉が、砲撃を加えつつ突き進む。

「わ、わたしだって、負けませんよ！」

対抗するように、砲台の上に乗ったレギーナが〈猛竜砲火《ドラグ・ハウル》〉をぶっ放した。

◆

「――僥倖《ぎょうこう》ですね。わざわざ贄《にえ》のほうから飛び込んでくるとは」

〈第〇四戦術都市〉――〈セントラル・ガーデン〉地下八階層。

〈魔力炉〉を監視するモニターの前で、ネファケスは忍び笑いを漏らした。

「――おかげで、〈魔剣〉蒐集《しゅうしゅう》の手間が省けます」

振り向いた先には、漆黒のドレスを身に纏《まと》う、黒髪の少女の姿がある。

ディンフロード・フィレットの生み出した、〈魔剣の女王〉。

エルフィーネ・ヴォイド・クイーン。

しかし、少女はなんの反応も示さない。

その瞳は、ただ虚《うつ》ろな闇をたたえるのみだ。

ネファケスは満足げに頷《うなず》くと、少女に命令を発した。

「――さあ、行きなさい。〈魔剣〉を満たす器よ。望むままに、貪りたまえ」

少女が指先で空をなぞると、虚無の裂け目が生まれる。

「私は〈魔剣〉の器。虚無への供物《くもつ》を、ここに――」

――と、無感情に声を発して。

漆黒の天使は裂け目の中に、姿を消した。

◆

ズオンッ、ズオンッ、ズオオオオオオオオンッ！

〈猛竜砲火《ドラグ・ハウル》〉が三度火を噴くと、頑丈な防壁の一部に巨大な穴が空いた。

「やりましたっ、お嬢様！」

レギーナが〈自走式砲台《ブラスター・ヴィークル》〉の上でVサインを作る。

「第十八小隊〈都市統制塔《コントロール・タワー》〉に到達、突入を開始します」

「……了……解――ですわ、気を……けて……」

別の〈都市統制塔〉に向かう第十一小隊に一報を入れ、突入準備をはじめる。

「〈ヴォイド〉の結晶が孵化《ふか》する前に、一気に制圧するわ。突撃――！」

前衛のリーセリアと咲耶《さくや》が、ゲートめがけて駆け出した。

同時に、レギーナとレオニスを乗せた〈自走式砲台〉が唸《うな》りをあげて突き進む。

〈都市統制塔〉の敷地内にも、大規模の〈巣《ハイヴ》〉が形成されていた。

結晶が破裂し、蟲《むし》のような中型〈ヴォイド〉が次々と出現する。

「インセクト・タイプ――再生力が高い個体よ！」

リーセリアが〈誓約の魔血剣《ブラッディ・ソード》〉を手に斬り込んだ。

真紅の刃《やいば》を一閃《いっせん》。血風が生まれ、迫り来る〈ヴォイド〉を一瞬で斬り刻む。

「水鏡流《みずかがみりゅう》・絶刀技《ぜっとうぎ》――〈迅雷《じんらい》〉」

咲耶も負けていない。青白い雷火がほとばしった、その刹那。〈ヴォイド〉の残骸《ざんがい》が瓦《が》礫《れき》の上に散乱した。

「お嬢様たちに続きますよ！」

ズオンッ、ズオンッ、ズオンッ！

果敢に斬り込む前衛の二人を、レギーナとシュベルトライテが砲撃で援護する。

「――後ろからも来てますよ」

と、〈自走式砲台〉の上で、レオニスが後方を指差した。

「……っ!?」

レギーナが振り向くと、全身を甲殻に覆われた、巨大な蛇のような〈ヴォイド〉が複数体、瓦礫《がれき》を蹴散らしながら接近してくる。

更に、周囲の地面が次々と割れ砕け――

瓦礫の下から、人間の手首のような形をした〈ヴォイド〉が無数に這《は》い出してきた。

「ハンドローパー級!? 厄介ですね――」

無数の手が、〈自走式砲台《ブラスター・ヴィークル》〉の車体に手を伸ばしてくる。

「このままだと、〈都市統制塔《コントロール・タワー》〉にいる〈ヴォイド〉と挟み撃ちになりますよ」

「――それは、まずいですね」

地面に蠢《うごめ》くハンドローパー級を吹き飛ばしつつ、レギーナは思案する。

倒しても倒しても、〈巣《ハイヴ》〉がある限り、〈ヴォイド〉は続々と増え続ける。

しかし、これだけ大規模の〈巣〉を短時間で掃討するのは困難だ。

(シャトレス姉様の〈聖剣〉なら、一気に消し飛ばせるんでしょうけど――)

耳の通信端末に触れる。

「――セリアお嬢様、ここは、わたしたちに任せてください」

「レギーナ?」

〈ヴォイド〉を斬り伏せたリーセリアが、振り返った。

「バリケードを作って、外の〈ヴォイド〉を足止めします。その間に〈都市統制塔〉を制圧してください」

「レギーナ、けど──」

「十五分なら、持ちこたえてみせますよ。ライテちゃん、お願いします」

「──了解。マスターの盾となりましょう」

ギャリリリリリリリッ！

〈自走式砲台〉がドリフトし、ゲートを封鎖するように立ち塞がった。

「いまのうちに、早く──」

「……わかった、ここは任せるわ。絶対に無理はしないでね」

「かたじけない。先輩には、あとでボクのカステラを進呈しよう」

「ほんとです？　約束ですよ、咲耶《さくや》──」

リーセリアと咲耶はゲートを抜け、〈都市統制塔〉の内部に侵入した。

「それじゃ、いっちょやりますか。〈聖剣〉形態換装《モード・シフト》──〈第参號竜雷砲《ドラゴン・ストーム》〉」

〈自走式砲台〉の上に、多連装の火砲が据え付けられる。

広範囲の制圧力に特化した、拠点防衛用のモードだ。

「消し飛べえええええええええっ！」

複数の砲門から放たれた砲撃が、迫り来る〈ヴォイド〉を一気に薙《な》ぎ払う。

「──なかなか、やりますね」

「ふふん、そうでしょう。少年もわたしを見直し──って、なんですか、あれ!?」

レギーナが頭上を見上げ、声をあげた。

ピシッ──ピシピシピシッ──

曇天の空を引き裂いて、なにか巨大なものが現れようとしていた。

「……あれは!?」

と、レオニスが眼《め》を見開く。

──それは、船だった。

虚無の瘴気《しょうき》を纏《まと》う、骨の海賊船だ。

「ふ、船の〈ヴォイド〉なんて、知りませんよ!?」

地面に巨大な影を落とすそれを見上げ、唖然《あぜん》として呟《つぶや》くレギーナ。

「……あれは、魔王様の〈骸骨船《ワイルド・ハント》〉」

「少年?」

何か小声で呟いたレオニスに、レギーナは怪訝《けげん》な眼を向ける。

「──あの船は、こちらでなんとかしましょう」

レオニスは肩をすくめると、〈自走式砲台《ブラスター・ヴィークル》〉から身軽に飛び降りた。

「あ、ちょっと、少年……?」

「ここはお二人に任せます。それでは――」

そう言い残し、レオニスは影の中に姿を消してしまうのだった。

◆

――〈エンディミオン〉の甲板に立ち、レオニスはじっと空を睨《にら》んだ。

曇天の空には、いまだ目立った変化は見られない。

軍港エリアの沖では、〈帝都〉の艦隊が支援砲撃をはじめたところだ。

――しかし、〈エンディミオン〉は動かない。

茂みに潜む肉食獣のように、その時を待ち続ける。

「レオ、眷属《けんぞく》が心配？」

と、ヴェイラが軽い口調で声をかけてくる。

「――心配などしていない。彼女は俺の眷属だからな」

「……ふーん、そう」

ヴェイラは、指先にくるくると髪を巻きつつ、

「ま、あたしの血をあげたんだから、簡単に死んでもらっちゃ困るわね」

「なんだ、心配しているのはお前ではないか？」

「はあ？　な、なに言ってるの、ばっかじゃないの？」
ぶわっと吐かれた炎を、レオニスはあっさりかき消して、
「──さて、来るぞ」
ぽつり、と呟《つぶや》いた。
「……へえ。ようやく、お出ましね」
ヴェイラが不敵に笑った、その時。
ピシッ──
〈第〇四戦術都市《フォース・アサルト・ガーデン》〉のはるか上空に、虚無の裂け目が生まれた。
ピシッピシッ、ピシッ、ピシピシッ──！
空が蜘蛛《くも》の巣のようにひび割れ──
荒れる海を見下ろす、眼《め》のような巨大な裂け目が出現する。
〈帝都〉の上空に現れた裂け目と、ほぼ同程度の規模だ。
大気が震え、海が鳴動する。
〈エンディミオン〉の甲板も大きく揺れ、斜めに傾《かし》ぐ。
レオニスは腕組みしたまま、裂け目の向こうへ〈眼〉を凝らした。
血のように赤い、虚無世界の空。その空の彼方《かなた》に──
宙にそびえる、巨大な逆しまの城の姿を視認した。

「あれは、まさか――〈次元城〉だと!?」

「なんですって?」

ヴェイラが訝《いぶか》しげな声を上げる。

〈次元城〉――次元航行能力を有した、〈異界の魔神〉の機動要塞。

「……なるほど、あれが〈使徒《アポストル》〉とかいう連中の本拠地というわけか」

「どういうこと? アズラ=イルが、奴等《やつ》の首魁《しゆかい》なの?」

「いや、おそらく、〈異界の魔神〉は連中とは別の勢力だ」

レオニスは首を横に振る。

「本来の主《あるじ》が不在の〈次元城〉は、次元航行能力を使うことができず、この世界と虚無世界の狭間《はざま》に固定化されていたのだろう。なるほど、そういうことか――」

「……だから、どういうことよ?」

「連中は〈第〇四戦術都市〉になんらかの仕掛けをほどこし、〈次元城〉をこの世界に繋《つな》ぎとめるための錨《アンカー》として利用しているのだ」

以前、レオニスは暇を持て余し、異界から召喚した本を読んだことがある。

その時に知ったのは、次元間存在保存理論というものだ。

次元の位相を同調させた〈第〇四戦術都市〉と〈次元城〉は、いわば表と裏の存在。

〈第〇四戦術都市〉がこちらの世界で移動すれば、本来、固定化されているはずの〈次元城〉も同じ座標に出現できる、というわけだ。

〈ネファケス・レイザードは、〈異界の魔神〉の腹心だったな……〉

——であれば、異界の知識を利用したとしても、不思議はあるまい。

海が荒れ、激しい雷鳴が轟《とどろ》く。

空に生まれた裂け目から、無数の〈ヴォイド〉の大群が出現した。

「人類の艦隊を殲滅《せんめつ》するつもりなのだろうが、かかったな」

レオニスは口の端に笑みを浮かべ、〈絶死眼の魔杖《まじょう》〉を手にかかげた。

ガゾスに折られてしまった柄は、養生テープで補強してある。

魔杖の先端に、魔力の光がほとばしった。

「魔王戦艦〈エンディミオン〉——浮上せよ！」

◆

空を飛ぶ幽霊船の朽ちたマストに、メイド服姿の少女が降り立った。

黄昏《たそがれ》色の瞳が、骸骨兵の〈ヴォイド〉たちを冷たく見下ろす。

「〈骸骨船《ワイルド・ハント》〉——〈不死者の魔王〉は、お前たちを甦《よみがえ》らせたのですね」

虚無の瘴気《しょうき》を纏《まと》う骸骨兵たちが、一斉にシャーリのほうを振り向いた。

静かな殺気を放つこの少女を、脅威と認識したようだ。

怨念に満ちた不気味な声をあげ、マストめがけて殺到する。

「おぞましきその姿、もはや魔王様の配下にはふさわしくありません」

言って、シャーリは、メイド服をバッと脱ぎ捨てた。

メイド服の下から現れたのは、暗殺組織〈七星《しちせい》〉時代の殺戮装束《キル・フォーム》だ。

「先日のパーティーでは不覚を取りましたので、今日は正装で参りました」

両手に必殺の〈死蝶刃《レフィスカ》〉を構え、冷徹に告げる。

自分のこの姿は、あまり好きではない。レオニスに心を与えられる前の、空っぽだった頃の自分を、否応《いやおう》なく思い出してしまうからだ。

それでも、殺戮装束に身を包んだのは、大戦《おおいくさ》への覚悟の表れだった。

「〈七星〉が一人、〈殺戮人形《キリング・ドール》〉——シャーリ・コルベット・シャドウアサシン」

と、静かに名乗りを上げる。

「——お前達の骸《むくろ》を、魔王様に捧《ささ》げましょう」

刹那、三体の骸骨兵の首が宙を舞った。

◆

予想通り、〈都市統制塔《コントロール・タワー》〉の内部にも、〈ヴォイド〉の〈巣《ハイヴ》〉はあった。

次々と孵《ふ》化《か》する〈ヴォイド〉を殲滅《せんめつ》し、リーセリアと咲耶《さくや》は通路を駆ける。

「はああああっ――〈血華螺旋剣舞《ブラッディ・スパイラル》〉！」

「水鏡流《みずかがみりゅう》・絶刀技《ぜっとうぎ》――〈雷火繚乱《らいかりょうらん》〉！」

暗闇に閃《ひらめ》く〈聖剣〉の刃《やいば》。

百足《むかで》のような〈ヴォイド〉の肉片が、不浄な瘴気《しょうき》と共に散乱する。

施設内部の〈巣〉から生み出されるのは、比較的、脅威度の低い個体のようだ。

――とはいえ、一斉に孵化すれば、さすがに物量で圧倒されてしまう。

「――コントロールルームはこの先よ！」

百足の〈ヴォイド〉を斬り伏せつつ、リーセリアが叫んだ。

昇降機《エレベータ》は当然、停止している。

魔力をこめたキックで、非常扉を蹴破り、地下に続く階段を駆け下りる。

「――面倒だ、ショートカットしよう」

咲耶が手すりの上に跳び上がり、そのまま真下へ身を投げた。

脚に雷火をまとわせ、垂直に壁を蹴って駆け下りる。

「待って、咲耶――」

リーセリアも、彼女の後を追って飛び降りた。

魔力の翼を展開し、地下深くまで一気に滑空する。

ふわりと床に降り立つと、翼を消して、あたりを見回した。

「――ここが、コントロールルームね」

円形の空間で、かなりの広さがある。

各所に設置された非常灯が唯一の照明だが、〈吸血鬼〉のリーセリアは、暗闇の中でも、はっきりとものが見える。

幸運なことに、この地下には、まだ〈巣《ハイヴ》〉は形成されていないらしい。

「急ぎましょう。レギーナたちが、地上を抑えてくれているうちに――」

――と、その時だ。

ふと、気配を感じ、リーセリアは振り返って視線を投げた。

(……っ!?)

――暗闇の奥に、蠢《うごめ》く人影があった。

否《いな》、人影――ではない。

全体的には、人型のシルエットをしてはいるものの、それは――

「――〈ヴォイド〉!?」

叫び、リーセリアが〈誓約の魔血剣《ブラッディ・ソード》〉を構える。

ゆらりと、薄暗い明かりの下に、それは姿を現した。

「——違うよ、先輩」

と、隣で咲耶《さくや》が静かに呟《つぶや》いた。

それは、その化け物は——聖剣士養成校〈アカデミー〉の制服を着ていた。

しかし、その全身は大きく膨れ、片腕は肥大化して、巨大な刃《やいば》に変貌している。

〈聖剣士〉——だったものの成れの果て。

「〈魔剣〉使い……」

リーセリアが息を呑《の》んだ、その刹那。
■■■■■■■■■■ッ——!
化け物が咆哮《ほうこう》した。

「……っ!?」

腕と一体化した刃が、正面のリーセリアめがけて振り下ろされる。

刃は触手のように伸びて、壁を這《は》う魔力供給管を両断した。

暗闇に散る火花。二人は同時に左右に跳んで回避する。

「——っ、〈魔剣計画《D.project》〉の実験体。フィレットが、拠点に配備してたってこと?」

「どうかな、たんに徘徊《はいかい》してるだけにも見えるけど——」

咲耶が壁を蹴って走り込み、一気に距離を詰める。

〈雷切丸《らいきりまる》〉の本領は、〈ヴォイド〉を斬るたびに速くなる〈加速〉の権能だ。

今の咲耶《さくや》は、すでに最高速度に近い。

「はあああああっ――〈雷神烈破斬《らいじんれつばざん》〉！」

斬光が閃《ひらめ》く。雷火を纏《まと》う刃《やいば》が、〈魔剣〉と化した片腕を斬り飛ばした。

返す刀で、〈魔剣使い〉の心臓に刃を突き立て――

「――咲耶！」

リーセリアが叫んだ。

斬り飛ばした左腕が一瞬で再生し、咲耶の首を狙う。

間一髪。咲耶は身を沈め、斬撃を回避。

――が、〈魔剣使い〉の放った強烈な膝蹴りが、彼女を襲う。

「……くっ！」

吹き飛ばされた咲耶は、地面を跳ねて転がった。

鞭《むち》のように振り下ろされる、〈魔剣〉の刃。

「――させないっ！」

リーセリアの〈誓約の魔血剣《ブラッディ・ソード》〉が、すくい上げるように〈魔剣〉を弾《はじ》く。

そのまま、地を蹴って加速。

〈魔剣使い〉の喉元めがけ、閃光《せんこう》のような刺突を放つ。

（あ――）

その瞬間。リーセリアの身がこわばった。
〈アカデミー〉の制服——人類を守る〈聖剣士〉の証《あかし》。
■■■■■■■■ッ——！
咆哮《ほうこう》。人間の顔がぱっくり二つに割れ、おぞましい無数の歯が現れる。

眼前のリーセリアの首を、嚙《か》み砕こうとした、その刹那。

剣閃《けんせん》が、真一文字に空を薙《な》ぐ。

化け物の首が床に転がり、切り口から虚無の瘴気《しょうき》が激しく噴き出した。

「咲耶——」

「——なにしてるんだ、先輩」

咲耶が〈雷切丸《らいきりまる》〉の刃を胴体に突き立てて言う。

「姿は人に似ていても、ここまで蝕《むしば》まれてしまったら、〈ヴォイド〉と同じだよ。元に戻すことは、決してできない」

「……うん、わかってる。ごめん」

リーセリアは俯《うつむ》いて、唇を嚙んだ。

わかっている、けれど——

〈アカデミー〉の制服が眼《め》に入った、あの一瞬、無意識に重ねてしまったのだ。

〈魔剣〉に蝕まれた、彼女のことを。

首を振り、リーセリアはゆっくりと立ち上がる。

と、その時だ。

ヴンッ——と、〈魔剣使い〉の死体の上に、小さな光球が出現した。

「……え？」

光球は、禍々《まがまが》しく輝く真紅の眼《め》を開くと——

虚空《こくう》に消えゆく〈魔剣〉の粒子を吸収しはじめたのだ。

「……〈魔剣〉を喰《く》ってる？」

暗闇に響く、咲耶《さくや》の声。

不意に予感がして、リーセリアがハッと振り向く。

瞬間。虚空にもうひとつの光球が生まれ——

「——咲耶！」

咄嗟《とっさ》に、リーセリアは咲耶の身体《からだ》を押し倒した。

薙《な》ぐような閃光《せんこう》が、咲耶の背中をかすめ、床をごっそり消滅させた。

「咲耶、大丈夫!?」

「う……くっ……あ、ああ……」

咲耶を庇《かば》いつつ、リーセリアは〈聖剣〉を構える。

そして、気配のしたほうへ視線を向けた。

コントロール室の中央に出現した、虚空の裂け目。
その裂け目を押し広げ、漆黒のドレスを身に纏《まと》う、一人の少女が姿を現した。
四機の〈天眼の宝珠《アイ・オヴ・ザ・ウイッチ》〉を周囲にしたがえ、無感情な眼でこちらを見つめる。
「フィーネ先輩……」
〈聖剣〉の柄を握りしめたまま、リーセリアは愕然《がくぜん》と呟《つぶや》く。
覚悟は、できているはずだった。
それでも、心のどこかでは信じていた。
彼女が〈魔剣〉の支配に抗《あらが》い、〈聖剣使い〉の魂を取り戻していることを。
「――先輩、わたしです。第十八小隊のリーセリアです！」
リーセリアは必死に叫んだ。
だが、エルフィーネは彼女の声になんの反応もしない。
その虚《うつ》ろな瞳には、なにも映っていない。
〈魔剣〉を吸収した〈天眼の宝珠〉が、彼女の元へ戻る。
エルフィーネが、その〈天眼〉に手を触れると、彼女の身体に変化が生まれた。
「……ア……アア、アアアアア……――」
ほとばしる苦悶《くもん》の声。両手で肩をかき抱き、身を震わせる。
美しい黒髪が一瞬、燃えるように赤く輝き、虚無の瘴気《しょうき》を纏う。

「――フィーネ先輩！」
彼女がなにをしたのか、直感的に理解した。
――〈魔剣〉を喰《く》ったのだ。
他人の宿した〈魔剣〉を喰らい、自身の肉体に吸収した。
……そんなことをして、無事で済むわけがない。
「……だめっ――先輩！」
どうすればいいのか、わからない。
それでも、目の前の光景を見過ごすわけにはいかない。
リーセリアは、苦しみもがくエルフィーネめがけて駆け出した。
――が、眼前に、二機の〈天眼の宝珠《アイ・オヴ・ザ・ウイッチ》〉が現れ、閃光《せんこう》を放ってくる。
「……っ、はあああああああっ！」
地を蹴って、跳躍。閃光を回避しつつ、〈天眼の宝珠〉に一閃《いっせん》を放つ。
ギイイイイイインッ！
闇の中に散る火花。刃《やいば》は障壁によって阻まれる。
〈天眼の宝珠〉の血のように紅《あか》い〈眼《め》〉が、嗤《わら》った――ような気がした。
（……まさか、〈宝珠〉そのものに意志がある？）
ヴンッ、ヴンッ、ヴンッ――

〈天眼の宝珠〉が三機、彼女を包囲するように出現した。

◆

（……っ、倒しても倒しても、キリがないですね！）
ゲート前に陣取った〈自走式砲台《ブラスター・ヴィークル》〉の上で、レギーナは悪態をついた。
市街地に広がる〈巣《ハイヴ》〉からは、次々と種類の異なる〈ヴォイド〉が湧き出してくる。
とくに厄介なのは、小型の羽蟲《はむし》型〈ヴォイド〉だ。
砲撃が命中しにくく、群れで来られると対処が遅れてしまう。
徐々に包囲の輪が狭まりつつあった。
端末の時間表示を見る。
リーセリアと咲耶《さくや》が突入してから、十五分以上が経過しようとしている。
（そろそろ、潮時ですかね……）
他の部隊の援軍も期待できないだろう。
だが、ここを撤退すれば、〈都市統制塔《コントロール・タワー》〉に〈ヴォイド〉がなだれ込んでしまう。
（……絶体絶命ってやつですね）
〈ヴォイド〉の群れに砲撃を続けつつ、胸中で苦笑する。

（せめて、お嬢様たちが撤退する時間だけでも――）

――と、その時。頭上に影が差した。

眉をひそめ、頭上を見上げた、瞬間。

「……ん？」

ズオオオオオオオオオオンッ！

巨大な幽霊船が、押し寄せる〈ヴォイド〉の群れの中心に落下した。

大量の〈ヴォイド〉が、〈巣《ハイヴ》〉ごと押し潰されて消滅する。

「な、なんです⁉」

困惑するレギーナの背後に、レオニスが姿を現した。

「……厄介でした。まさか、〈骸骨船《ワイルド・ハント》〉そのものが〈ヴォイド〉化しているとは」

困惑するレギーナの背後に、レオニスが姿を現した。

「まさか、あれは少年が……？」

「……まあ、そんなところです」

そっけなく答え、レオニスは雷光閃《ひらめ》く空へ視線を向ける。

「――魔王様、どうかご武運を」

◆

四機の〈天眼の宝珠《アイ・オヴ・ザ・ウイッチ》〉が、同時に仕掛けて来た。

「……っ!?」

縦横無尽の軌跡を描く真紅の閃光《せんこう》を、リーセリアは紙一重で回避する。

熱閃《ねっせん》が床を溶かし、コントロールルームの支柱に穴を穿《うが》つ。

命中すれば、いかに不死身の吸血鬼といえど、ただでは済むまい。

中央のメインシャフトを蹴り、リーセリアは必死に距離を取る。

だが、四機の宝珠は、まるで訓練された狩猟犬のように彼女を追い立てる。

彼女を自動で守ってくれる血の刃《やいば》の障壁が、まるで間に合わない。

(どのみち、血の刃では防ぎきれないわね——)

体内の魔力を循環させ、〈真祖のドレス〉を召喚した。

純白のスカートを翻《ひるがえ》し、真紅の閃光をアクロバティックに回避する。

魔術戦闘に優れた——〈銀麗の天魔《クイーン・ミネルヴァ》〉のモードだ。近接戦闘能力では〈暴虐の真紅《スカーレット・タイラント》〉に劣るが、魔力が上がれば、魔術攻撃の手数を増やすことができる。

——手数には手数だ。

〈誓約の魔血剣《ブラッディ・ソード》〉を振り抜きざま、リーセリアは呪文を唱える。

「来たれ影の魔狼――〈影狼の召喚《グラヴァ・ラジャン》〉！」
レオニスに教わった、第二階梯《かいてい》魔術。
自身の影から召喚された、三匹の影狼《かげろう》が、〈天眼〉めがけて襲いかかる。
――が、召喚された影狼は、真紅の閃光《せんこう》に次々と穿《うが》たれ、あっさり消滅した。
それでいい。攪乱《かくらん》のためのデコイに攻撃を割かせるのが狙いだ。
（……やっぱり、〈魔剣〉に意志はあっても、知性はない）
リーセリアは床を蹴って加速。〈天眼〉の一機に肉薄し、斬撃を振るう。
「はあああああっ――〈血烈斬閃《ブラッディ・スマッシュ》〉！」
斬り裂かれた〈天眼〉が、光の粒子となって消滅した。
（フィーネ先輩なら、囮《おとり》なんて無視して私を獲《と》りに来てた――）
エルフィーネは、第十八小隊の戦術を組み立てる頭脳だ。
彼女が直接操っていない〈天眼の宝珠《アイ・オヴ・ザ・ウイッチ》〉は、ただの自動攻撃にすぎない。
（ひとつひとつ、数を減らしていけば、対応できる――！）
降りそそぐ閃光を回避しつつ、二機目の〈天眼〉を斬り伏せる。
「――フィーネ先輩っ、いま、助けます！」
〈魔剣〉を吸収し、苦悶《くもん》するエルフィーネに声をかける。
ヴンッ――！

と、リーセリアの声を拒むように、また二機の〈天眼〉が虚空《こくう》に現れる。
（——フィーネ先輩の〈天眼の宝珠〉は、最大八機）
破壊した二機と合わせ、すべての〈天眼〉を喚《よ》び出したことになる。
対抗試合では、彼女が四機以上の〈天眼〉を同時に喚び出すことはまずなかった。
莫大《ばくだい》な演算能力を誇る一方で、精神への負担が凄《すさ》まじいのだ。
六機の〈天眼〉が同時に光を発し、全方位攻撃《オールレンジ・アタック》を仕掛けてくる。
リーセリアは〈影の歩み《シャドウ・ステップ》〉の魔術を唱え、影から影へ飛び移った。
シャーリに教えて貰《もら》った、影渡りの魔術。
影を使うため、使い勝手はよくないが、緊急避難には便利な魔術だ。
囮の影狼を間断なく喚び出しつつ、エルフィーネに接近する。
——と、虚無の瘴気《しょうき》を纏《まと》う彼女に、変化がおとずれた。
（……え？）
漆黒の翼を広げ、ふわりと宙に浮かび上がると——
地上のリーセリアを睥睨《へいげい》し、すっと手を伸ばした。
六機の〈天眼〉が、彼女を守るように周囲を旋回する。
「フィーネ、先輩……」
リーセリアは立ち止まり、唇を噛《か》んだ。

（……正気を取り戻したわけじゃ、ないわね）

六機の〈天眼〉の表面に、文字の羅列が高速で流れる。そして――

「――〈魔閃雷光《レイ・オヴ・ヴォーパル》〉！」

真紅の閃光《せんこう》が降りそそぐ。

リーセリアは床を蹴って跳躍。回避するが――

ジュッ――と、〈真祖のドレス〉が焼け、血がほとばしった。

「くっ、あ……――！」

上がりそうになる悲鳴を噛《か》み殺し、再生を待つ。

（……さっきまでと、動きが全然違う!?）

〈天眼の宝珠《アイ・オヴ・ザ・ウイッチ》〉の本来の力――それは、脅威的な演算能力による行動予測だ。

未来予知に限りなく近い、その能力は、〈魔剣〉に変貌してなお健在のようだ。

旋回する六機の〈天眼〉は、リーセリアを嬲《なぶ》るように砲撃を浴びせてくる。

（……っ、躱《かわ》せない!?）

――と、その刹那。

『先輩、跳んで！　二時方向――』

イヤリングの通信端末に声が聞こえた。

（――咲耶《さくや》？）

『早く！』

反射的に、リーセリアは指示された方向へ身を投げた。

同時。彼女が直前までいた場所へ、砲撃の雨が撃ち込まれる。

今、リーセリアがいる場所以外へ跳んでいれば、木っ端微塵《こっぱみじん》になっていた。

――ハッとして振り向くと。

背後で、肩を押さえつつ立ち上がる、咲耶の姿があった。

その左眼《ひだりめ》が、煌々《こうこう》と黄金色に輝いている。

「咲耶、その眼は――？」

『先輩、何も聞かず、ボクの指示通りに動いてくれ』

と、端末越しに、咲耶は真剣な声で告げてくる。

『ボクのこの〈眼〉なら、フィーネ先輩の演算能力を上回れる』

確信に満ちた咲耶の声に、

「……わ、わかったわ」

リーセリアは息を呑《の》んで、頷《うなず》いた。

（咲耶の〈聖剣〉の権能？　それとも――）

……いや、今はそんなことはどうでもいい。

咲耶の指示で、〈天眼〉の攻撃を回避できたのは事実なのだ。

ここは、咲耶《さくや》を信じて動くしかない。

『――来るよ。四時方向、バックステップ！』

「……っ！」

咲耶の簡潔な指示に従い、リーセリアは跳んだ。

放たれた閃光《せんこう》が眼前をかすめ、コンクリートの壁が蒸発する。

『八時方向、跳んで』『後方に二機、待ち伏せだ』『止まって、上から来る』

指示を機械的に実行し、紙一重で回避する。

まるで咲耶は、数手先の未来を見ているかのようだ。

『四時方向、剣を振り抜いて――』

「はあああああっ！」

振り向きざま、リーセリアは〈誓約の魔血剣《ブラッディ・ソード》〉の刃《やいば》を抜き放つ。

リイイイイイインッ！

真っ二つになった〈天眼〉が、光の粒子となって消滅する。

宙を飛翔《ひしょう》するエルフィーネが、わずかに眼《め》を見開いた。

彼女の前に三機の〈天眼〉が集合し、トライアングルを形成する。

『大技が来るよ。下がって――』

咲耶の声が焦りを帯びた。だが――

「──大丈夫」

と、リーセリアは返し、その場にとどまった。

〈誓約の魔血剣〉を片手で構え、刃に指先を滑らせる。

この時を待っていた。〈天眼の宝珠《アイ・オヴ・ザ・ウイッチ》〉の自動防衛《オートガード》が解け、隙ができる瞬間を。

トライアングルの中心に閃光が収束し、圧倒的な光を放つ。

──〈滅雷破連砲《トライ・フレア・ブラスター》〉。

同時。〈誓約の魔血剣〉を伝う血が、一気に燃え上がった。

「焼き尽くせ、獄炎の血竜よ──〈血華炎竜王咆《フレイミング・ハウル》〉！」

燃え盛る血が紅蓮《ぐれん》の竜の姿へ変化し、閃光を呑《の》み込んだ。

「……っ、あ……ぐ、ううう……！」

急激な目眩《めまい》。全身をめぐる魔力が、一気に持っていかれる感覚。

輝く白銀の髪が、炎にあおられて激しくおどる。

──〈銀麗の天魔《クイーン・ミネルヴァ》〉の補助がなければ、一瞬で魔力枯渇していただろう。

「はあああああああっ！」

オオオオオオオオオオン！

荒れ狂う炎の竜が、〈滅雷破連砲〉の光ごと、〈天眼〉を消滅させる。

エルフィーネが漆黒の翼を失い、地上へ落下する。

「フィーネ先輩っ！」
〈誓約の魔血剣《ブラッディ・ソード》〉を手に、リーセリアは駆け出した。
わたしを殺して――と、彼女はアバターに遺志を残した。
（フィーネ先輩のばかっ、そんなこと、できるわけないじゃない！）
瓦礫《がれき》の上を走りながら、涙をはらう。
力尽くでも、彼女を取り戻す。
〈魔剣〉に蝕《むしば》まれしまった彼女を、元に戻す方法はわからない。
もしかすると、そんな方法なんてないのかもしれない。
……それでも――
〈――大丈夫。彼女はまだ、間に合うよ〉
その時、頭の中に声が聞こえた。
（……え？）
咲耶《さくや》の声ではない。
その少女の声は、どこかで聞いたことがあった。
いったい、どこで……？
〈――力を貸してあげよう。あれは、私の一部でもあるのだからね〉
落下するエルフィーネの身体《からだ》が燐光《りんこう》を放った。

その心臓から、虚無の瘴気《しょうき》を放つ、黒い結晶が浮かび上がる。

リーセリアは直感した。

あれが、彼女の〈聖剣〉を〈魔剣〉に変えた元凶――

「――フィーネ先輩っ、眼《め》を覚ましてください！」

渾身《こんしん》の力で、リーセリアは〈誓約の魔血剣〉を彼女の胸に突き込んだ。

輝く〈聖剣〉の刃《やいば》が――

漆黒の結晶を貫き、粉々に打ち砕いた。

◆

ザァアアアアアアアアッ――！

波飛沫《しぶき》を立て、魔王戦艦〈エンディミオン〉が浮上した。

巨大な鋼の船体は、空へと引き上げられるようにぐんぐん高度を上げる。

「――悪くない眺めだな、ブラッカスよ」

甲板に立つレオニスは、〈第〇四戦術都市《フォース・アサルト・ガーデン》〉の全景を見下ろした。

〈エンディミオン〉を飛翔《ひしょう》させているのは、〈影の王国《レルム・オヴ・シャドウ》〉の宝物殿に保管されていた〈飛行結晶〉だ。レオニスが攻め滅ぼした、〈神々の島〉で手に入れた秘宝である。

それ自体は、吸収した魔力に応じて、周囲の物を浮かせる程度の効果しかない代物なのだが、船体の各所にこの結晶を取り付け、艦の推進に使われている〈小型圧縮魔力炉〉の莫大《ばくだい》なエネルギーを注ぎ込めば、こうして船を飛ばすこともできる。

「――マグナス殿、敵がこちらに気付いたようだ」

「ようやくか。間抜けどもめ」

〈第〇四戦術都市《フォース・アサルト・ガーデン》〉上空の裂け目から、〈ヴォイド〉の大群が現れる。

――その数は数百、数千か。

「ふうん、尖兵《せんぺい》ってわけね」

「まずは、こちらの戦力を測るつもりであろうな」

ヴェイラが面白そうに笑い、リヴァイズが頷《うなず》く。

「――一時方向、面舵《おもかじ》一杯！」

レオニスは〈絶死眼の魔杖《まじょう》〉を指揮杖《しきじょう》のごとく振るった。

〈エンディミオン〉の船体がゆっくりと回転する。

船を操舵《そうだ》するのは、レオニスの喚《よ》び出した元海賊の骸骨兵だ。

「――よかろう。では〈使徒《アポストル》〉どもに、我が力を見せてやろう」

空を埋め尽くす〈ヴォイド〉の群れに、レオニスは魔杖の尖端《せんたん》を突き付けた。

「第十階梯《かいてい》広域破壊魔術――〈魔星招来《ゼメシス・ジュラ》〉」

虚空《こくう》に出現した無数の魔法陣から、灼熱《しゃくねつ》の隕石《いんせき》が召喚される。

ズオンッ！　ズオンッ！　ズオオオオオンッ！

雷雨のごとく降りそそぐ、自動追尾型の隕石が、〈ヴォイド〉の群れを一掃した。

隕石が海上に落下し、次々と巨大な水柱が噴き上がる。

「ふん、思い知ったか、雑魚どもが——」

遠慮なく大規模魔術を放てて、機嫌のいいレオニスである。

「レオニスよ、人類の艦隊も巻き添えで転覆しそうだぞ」

「……おっと、派手にやりすぎたか」

リヴァイズに指摘され、レオニスはこほんと咳払《せきばら》いする。

「まだまだ来るわね。レオ、あたしと勝負しない？」

「スコアアタックか。面白い」

レオニスが魔杖を振り上げた。

「第十階梯殲滅《せんめつ》魔術——〈闇獄爆裂光《アルザム》〉」

「我が咆哮《ほうこう》を聞け——〈覇竜魔光烈砲《ディ・アルグ・ドラグレイ》〉！」

ズオオオオオオオオオオオオンッ！

閃光《せんこう》が爆《は》ぜ、空が灼熱の炎に包まれた。

大気がビリビリと震え、〈エンディミオン〉の船体が大きく揺れる。

数千の〈ヴォイド〉の大群は、眼前から消滅した。

「ふふん、あたしの勝ちね♪」

「どう見ても俺のほうが多いぞ」

「お前たち、くだらぬことで争うな」

リヴァイズが呆《あき》れたように口を挟む。

「──さて、ここからは〈魔王〉の戦争だ」

レオニスは魔杖《まじよう》を前方に振り下ろし、命令を発した。

「魔王戦艦〈エンディミオン〉、全速前進。目標は──〈次元城〉！」

あとがき

志瑞《しみず》です。お待たせしました。『聖剣学院の魔剣使い』新刊をお届けいたします。

皆さまの応援のお陰でもう12巻まで来てしまいました。エルフィーネ先輩が大変なことになる一方で、ヴェイラたちが寮に入り浸ったり、レオニスが表舞台に出てきたりと、執筆していてなんだか盛り沢山な一冊でした。遅れてきたヒロインもそろそろかも？

謝辞です。いつも素敵なイラストを描いてくださっている、遠坂《とおさか》あさぎ先生、今回も本当にありがとうございました。とくに口絵のレースクイーンは眼福すぎます。

蛍幻飛鳥《けいげんあすか》先生、毎月ハイクオリティの漫画を描いてくださってありがとうございます。コミック6巻もこの巻と同時発売なので、ぜひぜひよろしくお願いいたします。

そして、最大の感謝は本書を読んでくださった読者の皆さまへ！

さて、せまつかのアニメのほうもキャストさんが発表されました。アニメ制作のほうも順調に進んでいますので、楽しみにしていてくださいね。

それでは、また13巻でお会いしましょう！

？？？？「ふふ、そろそろ真ヒロインの私の出番だね、レオニス」

リーセリア「……誰!?」

二〇二三年二月　志瑞祐《ゆう》

角川コミックス・エース
コミック1〜6巻
絶賛発売中!
月刊少年エースで大好評連載中!
聖剣学院の魔剣使い
Demon's Sword Master of Excalibur School
原作 | 志瑞 祐
漫画 | 蛍幻飛鳥
キャラクター原案 | 遠坂あさぎ

超人気の学園ソード・ファンタジー
TVアニメ化決定!!!
Animation Project!!
聖剣学院の魔剣使い
The Demon Sword Master of Excalibur Academy
アニメ
公式サイト
はこちら!
©志瑞祐・遠坂あさぎ／KADOKAWA／聖剣学院の魔剣使い製作委員会

MF文庫J

聖剣学院の魔剣使い 12

2023 年 3 月 25 日 初版発行
2023 年 9 月 10 日 再版発行

著者 志瑞祐

発行者 山下直久

発行 株式会社 KADOKAWA
〒 102-8177 東京都千代田区富士見 2-13-3
0570-002-301（ナビダイヤル）

印刷 株式会社 KADOKAWA

製本 株式会社 KADOKAWA

©Yu Shimizu 2023
Printed in Japan ISBN 978-4-04-682325-0 C0193

◎本書の無断複製（コピー、スキャン、デジタル化等）並びに無断複製物の譲渡および配信は、著作権法上での例外を除き禁じられています。また、本書を代行業者等の第三者に依頼して複製する行為は、たとえ個人や家庭内での利用であっても一切認められておりません。
◎定価はカバーに表示してあります。

●お問い合わせ
https://www.kadokawa.co.jp/（「お問い合わせ」へお進みください）
※内容によっては、お答えできない場合があります。
※サポートは日本国内のみとさせていただきます。
※Japanese text only

◆◇◇

【 ファンレター、作品のご感想をお待ちしています 】
〒102-0071 東京都千代田区富士見2-13-12
株式会社KADOKAWA MF文庫J編集部気付「志瑞祐先生」係「遠坂あさぎ先生」係

読者アンケートにご協力ください!

アンケートにご回答いただいた方から毎月抽選で10名様に「オリジナルQUOカード1000円分」をプレゼント!! さらにご回答者全員に、QUOカードに使用している画像の無料壁紙をプレゼントいたします!

■ 二次元コードまたはURLよりアクセスし、本書専用のパスワードを入力してご回答ください。

http://kdq.jp/mfj/ パスワード kfj4p

●当選者の発表は商品の発送をもって代えさせていただきます。●アンケートプレゼントにご応募いただける期間は、対象商品の初版発行日より12ヶ月間です。●アンケートプレゼントは、都合により予告なく中止または内容が変更されることがあります。●サイトにアクセスする際や、登録・メール送信時にかかる通信費はお客様のご負担になります。●一部対応していない機種があります。●中学生以下の方は、保護者の方の了承を得てから回答してください。